고개 숙인 허수아비

고개 숙인 허수아비

2023년 5월 10일 제 1판 인쇄 발행

지 은 이 | 김정범
펴 낸 이 | 박종래
펴 낸 곳 | 도서출판 명성서림

등록번호 | 301-2014-013
주   소 | 04552 서울시 중구 삼일대로8길 17 3~4층(충무로 2가)
대표전화 | 02)2277-2800
팩   스 | 02)2277-8945
이 메 일 | ms8944@chol.com

값 10,000원
ISBN 979-11-92945-32-3

사평 에세이

고개 숙인 허수아비

도서출판 명성서림

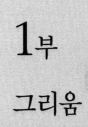

1부

그리움

4월에 부르는 고향의 노래

　지독히도 추웠던 겨울이었기에 언제 봄이 오고 언제 동토가 풀려 싹을 돋울까 싶더니 어느새 풀내음이 실려 오고 목련은 꽃망울을 틔운다. 마당 비닐하우스에서는 고추 모가 뼘만큼이나 자랐고 한쪽에 뿌려놓은 열무 상추도 제법 구미를 당기게 한다.

　이제 또 4월이니 또 금 년 농사를 위해 바빠지게 되었다. 볍씨도 담그고 조금 있으면 못자리도 해야 할 때이다. 지금이야 먹을 것 걱정 없이 살게 되어 쌀이 귀한 줄 모르게 되었지만, 이때쯤부터 시작되는 보릿고개라 일컫던 춘궁기에는 쌀 한 톨 보리 한 톨이 그야말로 생명과 다름없었기에 민초民草들에게 있어 식량을 위한 농사는 삶의 모든 수단이었다. 요즈음은 먹을거리가 넘쳐흐르고 있어 정부가 음식 쓰레기 줄이기 캠페인에 나서고 농민들은 벼농사를 기피 하기까지 되었지만 그래도 어쩔 수 없이 볍씨를 담그고 못자리도 준비해야 한다. 내가 하는 농사라야 식량이나 할 만큼 텃논 서너 마지기가 전부이지만 농사일로 살아가야 하는 농민들에게는 금 년 한 해 농사지을 일이 또 걱정일 수밖에 없을 것 같다.

십 년이면 강산이 변한다고, 내게도 그 강산이 변하고 또 변하기를 몇 차례 거듭하다 보니 이제는 사람도 많이 바뀌고 인심도 바뀌고 세상도 바뀌었으니 새로운 것들에게 익숙치 못해서 그런지는 몰라도 이제 와서 내가 옛날의 이 봄을 추억하며 그 시절 고향의 노래를 불러보고 싶어지는 것은 어쩔 수 없는 그리움인가 보다. 이맘때쯤이면 파랗게 펼쳐진 보리밭엔 아지랑이가 피어오르고 시냇가의 버들가지에 물이 오르면 크고 작은 피리를 한 움큼 만들어 들고 다니며 부는 것이 둘도 없는 즐거움이었다. 가끔은 시끄럽다고 어머니께 야단을 맞기도 했지만 지금 그 어머니가 더욱 그리워지는 아련한 아픔은 나로 어린아이가 되게 하는 기쁨이기도 하다.

지금은 모두가 지나간 옛 이야기 일 뿐이지만 못자리를 해 놓고 나면 그래도 좀 한가한 편이어서 끼리끼리 모여 천렵이라 하여 야유회를 하게 마련이었다.

평생을 살아온 내 고향 마을은 정지용님의 시 "향수"에서처럼 시냇물이 먼 동쪽 끝에서부터 와서 청벽산 아래, 마을을 휘돌아 다시 먼 동쪽 끝으로 흘러가기를 쉬지 않는다. 지금은 제방이 높게 쌓이고 콘크리트 보가 냇물을 가로막고 시내는 갈대에 뒤덮혀 옛 모습을 찾아볼 수 없게 되었기에 이제는 마치 고향을 잃어버린 것만 같은 아쉬움에서 옛날의 그 고향 모습을 그리게 되는 것 또한 어쩔 수 없는 그리움인 것이다. 돌이켜 보면 나 어려서 시내에서 놀 때에는 맨손으로 돌을 들추어가며 고기도 잡고 멱도 감으면서 언제나 그 물을 그대로 마실 수 있었으며 냇가는 온통 모래밭과 자갈밭, 그리고 잔디밭이 펼쳐져 있어 마음껏 뛰놀고 뒹굴던 정말 아름다운 곳이었다.

천렵을 하기 위해서는 적어도 10여 일 전에 물속에다 미리 돌을 쌓아서 돌무더기를 만들어 놓는데, 이를 돌무지라 하였다. 그러면 물고기들이 산란을 하기 위해 또는 제집이나 은신처로 알고 돌무지로 몰려들게 되는데 천렵을 하는 날이 되면 그물이나 싸리로 역은 발로 물고기가 도망가지 못하도록 돌무지를 둘러싸고 돌을 하나씩 들어내며 물고기를 잡게 되는데 이때 메기를 비롯하여 구구리 꺽지 쏘가리 바가사리 등을 꽤 나 많이 잡게 된다. 이렇게 한편에서는 고기를 잡고 한편에서는 커다란 돌을 주어다가 솥을 걸어 밥을 짓고 매운탕을 끓이게 되는데 이때쯤이면 채마전에 파와 마늘이 꽤 나 자라 있어서 이것을 뽑아다가 듬뿍 넣고 고추장 간장 그리고 약간의 양념만 있으면 훌륭한 매운탕이 되었다. 여기에 다 막걸리 한잔과 묵은지로 부쳐낸 김치전이나 장떡을 곁들이면 그동안의 모든 시름을 잊게 하기에 충분하였다. 세월이 변하면서 지금은 냇물이 오염되어 많은 어종이 사라지고 하천은 황폐되어 옛날의 향취鄕臭를 맛볼 수 없게 되었지만, 그 시절을 살아온 이들이라면 아마도 그때의 소박하고 행복했던 시간들을 결코 잊지 못할 것이다.

그러기에 그 옛날 조선의 명기 황진이의 무덤 앞에서 추모의 시를 지어 그를 애도했던 희대의 풍류객 백호 임제 선생도 일찍이 이렇게 봄을 노래했나 보다.

鼎冠撑石小界邊, 白粉淸油煮杜鵑, 雙著挾來香滿口, 一年春色腹中傳. (조그만 시냇가에 솥뚜껑을 돌로 괴어/ 하얀 가루 맑은 기름으로 두견화 전을 부쳐/ 젓가락으로 집어 드니 입안에 향기가 가득/ 한해의 봄빛이 뱃속에 전해 지네.)

2011. 4. 3

가을 편지

　가을의 발걸음이 빨라지고 있다. 이제는 들녘을 지나 깊은 산골짜기로 달려가니 이 가을이 또 깊어지고 있는 것이다. 그러니 나도 이 가을을 따라갈 수밖에 없기에 낙엽처럼, 내게서 떨어져 가는 시간들이 아쉬워 내 마음의 발걸음도 멈칫, 저만치서 그 시간들을 바라볼 때에는 하늘가에 떠도는 한 송이 흰 구름처럼 외로운 여행이라도 떠나고 싶은 욕망이 솟구쳐도 그러지도 못하고 보면 저무는 날의 산 그림자처럼 그냥 묻혀 버리고 말아야 하는 체념이 야속할 따름이었는데 때마침 2박 3일 일정으로 제주도에 다녀올 수 있는 기회가 생겨서 여간 다행스럽지가 않다. 물론 문학인들의 역사, 문화 탐방이라서 나 개인의 자유로운 여행도 아니고 여유를 가지고 즐길 수 있는 시간은 아니더라도 그래도 십여 년만의 방문이니 이 가을의 선물임에는 틀림이 없기에 그간 잃어버리고 있던 나의 시간들을 그곳에서 찾아볼 수 있는 유익한 여행이 되도록 주어진 시간에 충실할 생각이다.

귀 기우리면 구만리 하늘을 날아 건너 칠십 리 서귀포의 밤바다 소리가 들리는 것만 같아 마음은 한결 가벼워졌어도 비어 있는 한쪽을 아직 다 채우지 못하고 있는 것은 깊어진 이 가을의 서글픈 낭만이 아직도 남아 있는 때문은 아닌가 싶기도 하다.

　이러한 가을날의 깊은 밤, 상현 반달이 별빛을 숨기고 나의 숱한 생각들을 안고 찾아와 창문 앞뜰에다 모래알처럼 하얗게 뿌려놓을 땐 문득 한 조각이라도 주워서 누구에게라도 편지를 쓰고 싶어지는 마음을 일게 한다. 가을을 노래한 시 한 구절과 함께 노란 은행잎이나 빨간 단풍잎을 봉투에 넣어 보내던 그 시절의 편지는 아니더라도 이제는 보고픈 마음 그리운 마음을 담아서 짤막한 안부라도 물어준다면 이 가을이 한결 예뻐질 것 같다는 생각이다.

　수 없는 만남 속에서 그 모두를 잊지 않고 다 기억할 수는 없지만 그래도 그중에서 잊고 있다가도 가을이면 생각이 나고 보고 싶어지는 사람이 있게 마련인데 오늘은 그 마음의 편지를 받아 줄 사람이 누구였으면 좋을까 생각해 본다. 이제는 휴대전화가 있고 컴퓨터가 있어 편지 쓸 일이 없게 된 지도 이미 오래되어서 언제 편지를 썼나 싶을 만큼이지만 설레는 사랑의 마음도, 진심 어린 안부도 봉투에 담아 보내주곤 하던 옛날의 그 편지를 다시 써 보고 싶어 진다.

　오래전 어떤 일로 부산에서 아내에게 편지를 보낸 적이 있는데 아내는 그 편지를 지금도 가지고 있다고 한다. 편지 내용이래야, 몸은 여기 있어도 마음은 당신 곁에 있다는 말과 아이들과 당신을 사랑한다는 어찌 보면 상투적인 말일 수도 있겠지만 30여 년이 지난 지금까지도 가지고 있는 것을 보면 그래도 아내는 그때 그 편지를 받아본 순간이 행복했던 모양이다. 그 후로는 집을 떠나 본 적이 없는 나는 아내에게 편지 쓸 일이 없었는데 이제는 제주도에서 다시 아내에게 편지를 써 보아야겠다.

지난달 말, 동양일보 신문사가 주관하는 지역 명사들의 애송 시 낭송회가 있었는데 그 자리에서 내가 낭송하였던 김남조 님의 시 "밤 편지"의 한 구절 /땅끝까지 돌아서 오는/ 영혼의 밤 외출도/ 후련히 털어놓게 해다오/처럼 내 생애의 저쪽 끝에서부터 돌아서 온 지금까지의 여정이 당신과 함께여서 행복하였노라고, 그리고 앞으로 남은 여정의 끝이 언제일지는 모르지만, 이제는 그 시간들도 당신이라는 이름이 주는 편안함에 모두를 털어놓고 살아가는 날들이 되기를 소망한다는 말과 함께 당신을 사랑한다는 말로 마침표를 찍는 편지를 써야겠다.

이제는 10월도 중순이니 날씨도 쌀쌀 해지면서 산촌은 찬 서리에 젖게 되고 그래서 나목이 되어 부끄럽게 몸을 움츠려야 할 나무들 또 한 대사 없는 연극의 주인공처럼 이 가을이라는 무대에서 서러워해야 하는 배우라는 생각도 해 보게 되는데 그래도 아직은 화려한 무대에 서 있으니 나 하나의 관객을 위해서라도 연출이 해피앤딩이면 좋겠다.

2014. 10. 14

나의 어머니

아침에 일어나니 아내가 닭장 지붕 위에 맺혀 있는 호박을 따 달라고 한다. 조그만 사다리를 놓고 올라서 보니 두 주먹을 모은 것보다 조금 큰 애호박 하나가 지난밤에 내린 비에 젖어 윤기가 흐르고 있다. 그대로 따 버리기에는 좀 아깝다는 생각에서 잠시 멈칫하다가 손을 내밀어 따려는 순간 옛 생각이 나를 그분을 향한 그리움으로 이끌어가고 있다.

지금부터 60년도 더 지난 일이다. 그러니까 내가 11살 되던 해 둘째 큰 아버지 회갑 날이었다. 큰아버지께서는 한마을에 사셨으므로 그날 우리 가족 모두는 하루 종일 큰댁에 있게 되었고 저녁때 집에 오는 길목 어느 집 울타리에 애호박 하나가 예쁘게 달려있어 아무 생각 없이 그것을 따가지고 집에 와 마루 기둥 옆에 놓아두었는데 얼마 후 어머니께서 오셔서 호박을 보시고는 대뜸 어디서 난 것이냐고 막내 누님에게 물으신다. 내가 가지고 온 것이라고 누님이 대답하자 어머니께서는 아무개네 집에서 따가지고 온 것이 아니냐고 다그치시기에 고개를 숙이고 대답을

15

못하고 있으니 어머니께서는 안방 선반 위에 있는 회초리를 가지고 오셔서(선반에는 언제나 회초리가 있었다) 나에게 호박을 들게 하여 앞장을 세우시고는 그 집으로 가서서 호박 도둑을 데려왔으니 야단을 치라고 이르시고는 나에게 잘못을 빌고 호박을 드리라고 하신다. 나는 잘못했노라고 용서를 빌며 호박을 드렸더니 그 집 할머니께서는 어린애가 아무 것도 모르고 한 것을 무얼 그러느냐고 하시며 웃으셨지만 어머니의 화나신 모습은 좀처럼 풀리지 않았다. 그리고는 집에 돌아와서 종아리를 몇 대 맞고서 우는 나를 누님이 데려가 달래 주었는데 매를 맞으면서도 그때 어린 내 머리속에서는 어머니께서 어떻게 아셨을까? 그것이 궁금하였는데 그 궁금증은 곧바로 풀리게 되었다. 누님이 나를 달래놓고는 어머니께 호박이 그 집 것 인 줄을 어떻게 아셨느냐고 묻자 그제야 어머니께서 웃으시며, 그 집 앞을 지나오는데 그 집 할머니께서 혼잣말로 고약해라 고약해라 하시기에 무엇이 그리 고약하냐고 물으셨더니 그 할머니 대답이 저녁을 먹으려고 손국수를 썰어 놓고 호박 채를 만들려고 따러 왔더니 없어졌다고 하셔서 그냥 예사롭게 생각하셨는데 집에 와 보니 호박이 있어 직감하셨다는 것이었다. 그때 나는 왜 하필 어머니와 그 집 할머니가 만나게 되어 매를 맞았나 하고 야속하게 생각하였으나 지금도 생각해 보면 그것은 내게 큰 교훈을 준 아주 고마운 사건이었다. 나는 그 때부터 지금까지 내 것과 남의 것을 분명히 구분할 줄 알게 되었고, 그리고 내 것이 아닌 것을 절대로 욕심내어서는 안 된다는 것을 평생 좌우명처럼 여기며 살아올 수 있었기 때문이다. 이처럼 나의 어머니께서는 우리 형제들이 실수가 아닌 잘못을 저질렀을 때에는 결코 그냥 넘어가는 법이 없이 그에 대한 벌을 반드시 내리셨는데 모면하려고 피하거나 도망을 가면 후에 더 큰 벌을 받았음으로 결코 그럴 수도 없었다.

모든 어머니들이 그러하듯이 나의 어머니께서도 자녀들을 위해 자신의 모든 것을 희생하신 여인이셨다. 일제 강점기인 1930년대에 이미 뾰쪽구두(하이힐)를 신으셨을 만큼 당시에는 신여성으로 교회 전도사로 목회 생활을 하셨으나 아버지와 결혼 하신 후로는 평생을 자녀와 가정에 헌신하시며 누구와 다름없는 시골 여인으로 사시었다. 그래서 아버지께서는 늘 어머니께 미안해하셨고 장롱 속에는 당시 세루 라고 하는 좋은 옷이 몇 벌 있었어도 나는 어머니께서 그 옷을 입으신 것을 본 것은 군산에 있던 외삼촌 댁에 가실 때의 몇 번이 전부인데 그 외에는 손수 무명이나 베를 짜서 옷을 해 입으셨기에 지극히 평범한 촌부의 모습이었으나 말과 행동은 언제나 조금도 흐트러짐이 없으셨다. 그러기에 나의 어머니는 여성스럽다기보다는 강직한 어머니요 정갈한 여인으로 내 머리속에 남아 있다.

그러나 정작 늙으셔서는 입버릇처럼 하시는 말씀이 너희들에게 몹쓸 짐을 지우게 되면 어쩌느냐고 하시며 매일 새벽마다 교회에 가서서 편히 가게 해 달라고 기도한다고 하셨다. 그래서 그 기도를 하나님께서 들어주셨음이지 어머니께서는 아버지께서 돌아가신 지 꼭 17일 만에 갑자기 쓰러져 3일간 혼수상태로 계시다가 따사로운 이른 봄 햇살이 산마루를 넘으려 할 때 구름 사이에서 손짓하는 천사를 따라가셨는데 영혼은 이미 하늘나라에 다다른 편안한 모습이었다. 그래서인지 그때는 눈물도 나오지 않았다. 슬프지도 않았다. 다만 편히 자는 그 모습을 바라볼 뿐이었다. 다른 사람들은 아버지를 너무 사랑하셔서 따라가셨다고 하기도 하고 아버지께서 데려가셨다고 하기도 하였다. 하지만 이제 돌아가신 지 삼십 년이 다 된 지금도 불효만 한 것 같은 죄스러운 마음에 그분에 대한 그리움을 떨치지 못하고 있다. 어머니 당신이 그립습니다.

2010. 9. 7

봄이 찾아오던 날

요 며칠 날씨가 좀 춥다 싶더니 오늘은 햇살이 따사롭다. 가만히 창문 두드리는 소리가 있어 창문을 여니 봄이 미소 지은 얼굴로 서 있다. 반가운 마음에 창문을 활짝 열고 어서 들어오라고 손짓하니 금 새 방안을 가득 채운다. 예전에 비해 좀 늦은 것 같아 왜 늦었느냐고 물으니 산골짝 응달 한쪽에 남아 있는 겨울의 발자취를 지우고 오느라고 늦었단다. 그리고 개울가 버들강아지 꽃망울을 틔우고 사래 긴 보리밭 파란 이랑 길을 따라오려 했는데 그 길이 보이지 않아 벌판을 헤메다 새길을 찾아오느라고 늦었다고도 한다. 손수레나 달구지 덜컹이던 좁은 길이 넓혀지고 그 길을 아스팔트로 포장하면 경운기 트랙터 그리고 자동차도 달릴 수 있어 사람들은 다니기가 좋겠지만 아마도 봄이 내 집을 찾아오는 길은 산기슭 타고 비스듬히 뻗쳐 있던 옛날의 사래 긴 보리밭 길이 더 좋았나 보다. 그러자 마치 그 잘못이 내게 있는 양 미안한 마음에 차 한 잔을 내놓으며 편히 쉬라고 하였더니 남쪽 산수유 숲에서도 꽃을 피우고 오느라 늦어서 갈 길이 바쁘다며 이내 동무들이 와서 오래 머물 터이니 그들과 함께 이야기하라며 떠날 채비를 하고는 솔바람을 부른다.

그렇다, 기다리던 봄의 전령이 내게 찾아온 것이다. 사랑하는 연인의 품속처럼 포근한 느낌, 그리고 입맞춤처럼 감미로운 여운이 먼 산마루까지 이어지고 있다. 동심이 되살아난다. 얼른 머리맡 책상에서 하모니카를 꺼내 어릴 적 즐겨 부르던 노래를 불어본다. "봄의 교향악이 울려 퍼지는 청라 언덕 위에 백합 필 적에 나는 흰 나리꽃 향내 맞으며 ～～～"

옛날 시골 아낙이나 처자들이 그러했듯이 막내 누님도 이때쯤이면 보리밭 사이로 다니며 봄나물을 뜯으러 가곤 하였는데 그때는 언제나 어린 나를 데리고 다녔다. 어떤 때는 따라가기가 싫어서 울 때도 있었지만 누님은 억지로라도 데리고 다니면서 부르던 노래가 바로 이은상님이 시를 쓰고 박태준님이 곡을 붙인 "동무 생각"이었다. 그러기에 나도 자연히 따라 부르게 되었고 후에도 즐겨 부르게 되어 나도 모르게 애창곡이 되어 버렸다. 지금은 어떤지 잘 모르지만, 한때는 노랫말 중에 동무라는 말을 친구로 바꾸어 부르기도 하였는데 이는 아마도 동무라는 아름다운 우리말을 북쪽 사람들에게 빼앗겨 이념적 단어가 되었기 때문이 아닌가 싶기도 하지만 이제 솔바람을 타고 떠나는 봄빛이 그곳에 가면 그곳 사람들의 마음까지도 따뜻하게 해주었으면 하는 마음으로 부탁도 해 본다.

그러고 보니 그 누님이 보고 싶어진다. 가끔은 전화로 안부는 듣고 있지만 그래도 건강 상태는 어떠신지 내일이라도 한번 찾아뵙고 이 노래를 같이 한번 불러보아야겠다.

시간 사이사이로 아직은 찬 기운이 시샘하듯 방안을 엿보기도 하지만 창문을 닫고 싶지가 않다. 조금 있으면 창 넘어 빈 밭에서 돋아날 새

싹들이 보이고 개울의 물소리가 들리고 앞산에서의 나무들이 기지개 켜는 소리가 들리기 때문이다. 그리고 그 옛날 만들어 불던 버들피리 소리도 들리고 소꿉동무들의 해맑은 웃음소리도 들린다. 봄빛이 부른 솔바람에 어머니께서 끓여 주시던 냉이국 내음새도 실려 온다.

　문득 아내를 불러서 냉이가 돋았겠느냐고 물어보았다. 왜 갑자기 냉이 타령이냐고 하면서도 싹이 많이 자라지는 않았어도 뿌리는 살아 있으니 쉽게 알아볼 수는 있을 것 같다는 대답이다. 갑자기 마음이 급해진다. 아내에게 냉이를 캐러 가자고 재촉하며 호미를 들고 나섰다. 그러나 이런 일에는 아내가 더 전문가이기에 아내의 도움이 필요하여 어쩔 수 없이 도움을 청하였으나 아내도 흔쾌히 앞장을 선다. 급한 마음에 나서기는 하였어도 해 보지 않은 일이라서 그저 막연할 따름인데 아내는 이미 어디에 가면 냉이가 많은지 알고 있는 양 거침없이 앞서간다. 집에서 그리 멀지 않은 조그만 빈 밭, 아직은 추수한 잔해들이 널려 있기는 하지만 아내는 해마다 여기서 냉이를 캤다고 하면서 바구니를 내려놓는다. 내 눈에는 잘 보이지를 않아서 냉이가 어디 있느냐고 하였더니 이게 냉이가 아니고 무어냐며 호미로 여기저기를 가르킨다.

　얼마 후 나보다도 아내의 수고로 꽤 나 많은 냉이가 바구니에 담겨졌다. 향긋한 내음이 나를 감싸 준다. 봄빛이 온 들을 가득 채우고 있어 숨을 마음껏 마셔본다. 보리밥에 냉이국을 곁들여 먹을 저녁 식탁을 생각하니 어린아이처럼 즐겁다. 그리고 지금 우리 내외의 등에 내려앉은 햇살만큼이나 마음도 여유롭고 따뜻해진다.

2012. 3. 14

사조곡思鳥曲

스무 평도 못 되는 좀 작은 집이지만 그래도 창문 앞엔 조그만 뜰이 있다. 대문에서 현관까지는 겨우 너덧 발짝밖에 되지 않지만 언제나 열려 있는 대문을 들어서면 양쪽으로 회양목과 주목이 각각 한 그루씩 있고 사과나무도 있어 언제나 우리 집을 지켜주는 고마운 것들이다. 그리고 요즈음은 온 집안을 붉은빛으로 가득 채웠던 철쭉이 지고 모란도 시들어가고 있어 아쉽기는 하지만 그래도 담 자락엔 둥굴레와 금낭화가 있고 마당에는 이제 막 맺기 시작한 고추와 토마토 그리고 오이도 줄타기를 하고 있어 이것들을 보노라면 평온함에 기쁨이 무엇인지를 알게 해 준다.

식구라야 오래전 아이들이 청주에서 유학하기 시작한 후로는 아내와 둘이 살고 있는 집이지만 그래도 집안에 나무가 있고 꽃이 있고 새들이 늘 찾아와 주어서 자연의 섭리에 은혜를 알게 해주니 감사한 마음이다. 그런데 그중에는 단골손님으로 딱새 한 쌍이 있었는데 금 년에는 올 때가 지났는데도 오지 못하고 있다. 아니 오지 못할 것이다.

지난해 이맘때쯤 일이다. 우리 집 주방 창틀에 둥지를 틀고 봄이면 찾아와 집 주변을 맴돌며 이른 아침엔 언제나 뜰에서 톡톡 뛰놀던 딱새 한 쌍이 있었는데 둥지에 알을 낳더니 네 마리의 새끼를 부화하고 벌레를 물어다 먹이기 시작하였다. 그런데 어느 날 아내가 파리를 잡으려고 장독 옆에 펼쳐놓은 끈끈이에 어미 새가 붙어서 파드닥 거리고 있었다. 안타까운 마음에 조심스럽게 떼어 보았으나 너무 강력하게 붙어 있어서 붉은 날개깃이 모두 빠졌고 물에 씻어 주기도 하였으나 얼마 후에 그만 죽고 말았다.

새끼들을 두고 죽는 어미의 심정이 어땠을까 생각하니, 마음이 아프다. 그리고는 혹시 수컷이 새끼를 기르지 않을까 하는 마음으로 희망을 가져 보았으나 수컷은 끝내 나타나지를 않는다. 어쩔 수 없이 새끼들을 둥지째 내려서 헛간 한구석에 놓고 지렁이를 잡아서 먹였더니 인기척만 나면 주둥이를 벌리고 먹이를 달라고 하는 것이 너무 귀엽고 신기하여 열심히 먹여 주었다. 그러기를 며칠, 그런데 큰 죄를 지은 것처럼 나를 괴롭게 하는 일이 또 일어나고 말았다. 날씨가 선선해 짐으로 밤사이 새끼들이 추위를 견디지 못하고 그만 죽어버린 것이다. 왜 내가 먹일 줄만 알았지 새끼들에게는 초 여름밤 추위도 견디지 못한다는 것을 진작 알지 못하였을까? 늘 찾아와 나를 즐겁게 해주던 반가운 손님이었는데 주인의 불찰로 인하여 가족을 모두 죽게 하였으니 어찌 마음 아파하지 않을 수 있으랴.

새로 태어난 생명에게 어미는 얼마나 소중한 존재인가? 이처럼 어미의 존재는 곧 그들의 생명인 것을 왜 생각지 못하고 있었나 싶어 가여운 생각이 사그라지지를 않는다.

옛날 오성과 한음이 어려서 가지고 놀던 새가 죽자 묻어 주며 "새가 죽었는데 사람이 우는 것은 부당한 일이나 너는 나를 인하여 죽은 고로 우노라"(鳥死人哭 不當之事 汝由我而 死故哭之)라는 조사를 지어 주었다는 일화도 있듯이 새끼들이 죽어서라도 어미 품에 있어 주기를 바라는 덧없는 마음에 며칠 전 텃밭 한쪽에 버렸던 어미 새를 찾아서 둥지에 새끼들과 함께 묻어 주었다.

좀 오래된 이야기이지만 십수 년 전 아내가 항암치료를 받으며 힘겹게 투병할 때 창밖에 나는 새들을 보며 나도 죽으면 새가 되고 싶다고 말해 마음 아파한 적이 생각난다. 그때 나는 아내에게 이렇게 말 했었다. 저 새들은 분명 아름다운 영혼들의 분신일 것이라고, 그리고 죽어서 새가 되는 것보다는 살아서 내 곁에 있어 주는 것이 몇천 배 몇만 배 더 좋다고.

어쨌든 아내는 새가 되지 않고 지금도 고맙게 내 곁에 있지만. 그때 만일 아내가 새를 따라갔더라면 우리 집에 찾아오는 이 새들이 어쩌면 정말 아내가 나를 찾아온 것이라고 여겼을지도 모르겠다, 라는 생각도 해 본다. 그리고 딱새가 오지 못할 줄 알면서도 지금도 기다려지는 것은 왜 일까?

2011. 6. 13

연민憐憫

며칠 전 가까운 친구가 메일을 보내주었다. 내용인즉 꽃피고 무성할 때 보이지 않던 가지가 잎이 지면 고개를 내미는데 그 가지 이름이 바로 연민이란다. 그리고 또 말이 없고 오래가는 것이 연민이란다.

메일을 보면서 누가 왜 잎이 진 가지를 연민이라고 했는지는 몰라도 사랑하는 이를 떠나보낸 자신의 설은 마음에 비유한 것은 아닌가, 라는 생각을 해 보게 된다. 연민의 정이 나아가 사랑도 되고 미움도 되고 또 사랑이나 미움이 연민이 될 수도 있겠기에 연민으로 살아갈 때도 많이 있겠지만 연민 또 한 좋은 감정의 하나이기에 오래간다, 하여 나쁠 것은 없어도 그래도 괴로워해야 할 연민의 마음만은 오래가지 않았으면 좋겠다는 생각이다.

사람의 모든 감성이 내가 나를 사랑할 줄 알 때 아름답게 내게 머물러 주는 것처럼 사람이 연민의 감정을 가질 수 있다는 것은 어쩌면 순수한 마음 때문이리라, 그 대상이 사람이든 사물이든 내가 느낄 수 있는 아름다움에서 내가 존재한다는 것은 그만큼 내가 행복한 것인지도 모른다.

지난밤에 비가 내렸다. 단풍의 빛으로 산을 온통 덮고 있던 나무들이 젖어 있다. 나무들은 언제나 젖고 흔들리며 잎을 피우고 지면서 사계절을 견디어내지만 이제, 품고 있던 수 많은 잎들을 떠나보내야 할 저들의 운명이 서러움에 젖어 있는 것만 같다. 그래서인지는 모르지만 바람이 일 적마다 하나둘 떨어져 뜰에 흩어지는 낙엽을 보노라면 내 마음도 함께 젖으며 나도 모를 연민으로 서글퍼지기 마련이다.

태어나서 지금까지 늘 함께하고 있는 고향의 산이지만 이렇게 아름다운 단풍으로 채워진 풍광을 보노라면 마음을 빼앗길 수밖에 없는데 이제 그 아름다움도 퇴색되어가면서 떠나가고 있으니 아쉬움이 앞선다. 어제 내린 비 때문일까, 아니면 날씨가 재촉하는 때문일까? 버림받고 바람이 불면 나그네 같이 외로이 떠나야 할 낙엽들이 잠시 머물고 있는 내 뜰에도 저렇게 흩어져 젖어 있으니 저들에 대한 연민이 내게 찾아올 때 또 한차례 바람이 지나면서 이제 막, 지는 잎새 하나가 멀리 떠나간다.

아직은 그런대로 만추의 빛깔이 남아 있지만, 이제는 찬 서리와 비에 젖으며 절정의 무대에서 서서히 막을 내리고 있는 아쉬움에 관객은 텅 빈 객석에서 홀로 연민을 떨치지 못하고 있는 것이다.

앞서가는 바람을 따라가는 낙엽을 바라보며 내 마음도 따라가 본다. 가는 곳이 어딘지는 몰라도 좀 쉬었다 가면 내 인생 여정도 쉴 수 있겠다는 생각을 하니 마음이 편안해진다.

운전을 하고 가는 길에 가로수 은행잎 하나가 날려 오더니 앞 차창에 붙어 떨어지지를 않는다. 와이퍼를 돌리려는 순간 손길이 멈추어진다.

내게 이별을 하려 찾아온 손님 같기도 하고 어쩌면 내 인생의 운명이 이 낙엽과도 다르지 않을 것 같다는 생각이 스쳤기 때문인 것이다. 나와 함께 해준 그 많은 세월들을 그냥 세월로만 보낸 것만 같으니 어찌 이러한 생각을 하지 않을 수 있으랴 싶어 마음이 울적해진다. 은행나무 가로수의 노란 잎이 길가에 수북이 쌓이며 날리고 있다. 지금 이렇게 길에 떨어져 밟히고 날리는 저 낙엽들이 아직은 고운 빛으로 남아 있지만 언제 바람이 불면 흩어져 흔적 없이 어디로 떠날는지, 그리고 또 어떻게 묻혀버리고 말는지, 그때는 아무도 지금의 아름다움을 사랑하거나 기억해 주는 사람도 없이 잊혀질 것이라는 생각이 든다. 여름날 뜨거운 햇볕과 비바람을 막아주며 여린 가지를 감싸주고 풍성하게 품어 주었지만 이제 때가 되어 떠나야 할 이들의 운명에 어찌 또한 연민을 느끼지 않을 수 있으랴 싶기도 하다. 아마도 겨울날 밤 앙상한 가지 사이로 달이 뜨고 별이 지는 차가운 밤에야 나신이 된 나무들만이 이들을 애타게 그리워하겠지만 그 그리움 또한 침묵의 메아리가 된 찬바람 속에 묻혀 버리고 말 것이기에 나만이라도 이들을 잊지 말고 기억해 주어야 할 것 같다는 생각도 해 본다. 그리고 그 앙상한 가지에 걸려 있는 싸늘한 겨울 달을 바라보며 나는 무슨 생각을 하게 될까?

차를 세우고 내려서 은행잎 몇 잎을 주웠다. 머지않아 흔적 없이 묻힐 빛깔을 기억 해주고 싶은 마음이기도 하지만 연민을 떨치고 싶은 마음이기도 하다.

2017. 11. 2

27

봄 마중

호된 추위가 한차례 지나갔다 꽃샘추위라고는 하지만 아침저녁은 아직도 추운 날씨여서 겨울인 듯 봄인 듯 헷갈리기는 해도 절기로는 춘분이 며칠 남지 않았으니 이제는 누구나 봄이라 하겠지만 이렇듯 계절이 바뀌는 무렵에는 계절의 구분이 혼돈스럽기는 해도 겨울이 떠나는 길목과 봄이 오는 길목의 교차로에서 서로 만났다고 생각하면 편할 것 같은데도 어느새 양지바른 담 밑에는 새싹이 고개를 내밀고 있는가 하면 나뭇가지에도 물이 오르는 것이 보이고 농부들의 마음도 들에 나가 있으니 봄이 다가와 있음을 알 수 있다. 그러나 계절도 방향 표시가 없는 교차로에서는 꽃샘추위라는 빨간 불이 켜지면 자칫 방향 감각을 잃을 수도 있기에 가는 겨울이나 오는 봄도 제 갈 길을 잃지 않고 잘 찾아 주었으면 하는 마음이다.

어렸을 적에는 봄이 시냇물을 따라오는 것으로 생각을 하였다. 꽁꽁 얼었던 시냇물이 녹으면 가장 먼저 봄이 오는 것을 알려주는 것이 시냇가의 버들강아지였기에 버들강아지가 망울을 틔우고 가지에 물이 오르기 시작하면 피리를 만들겠다고 성급한 마음에 가지를 꺾어 비틀어 보면서 빨리 물이 더 오르기를 기다렸는데 비가 내리고 시냇물이 많아져야 가지에 물이 오르는 것으로 알았기 때문이다.

고향 마을을 한 바퀴 휘돌아 흐르는 시냇가는 우리들의 사철 놀이터였다. 방천 둑을 따라 펼쳐진 잔디밭과 모래밭은 언제나 우리를 기다리고 있어서 학교에서 돌아오면 책보자기를 마루에 던져 놓고 그곳으로 달려가면 다른 아이들도 영락없이 모이게 마련이어서 계절 따라 먹 감고 썰매 타고 공차기, 자치기, 말타기를 하면서 놀았기에 그래서 봄도 당연히 그 시내를 따라서 오는 것으로 생각했던 것이다.

모두가 개구쟁이일 수밖에 없었던 그 시절이 지금은 아득히 먼 지난 세월의 이야기이지만 추억은 떠나지 않고 남아 있으니 그리움이 또 물안개처럼 피어오르는 것도 봄이 오고 있기 때문이 아닐까 싶다. 그래서 봄마중을 나서기는 해야겠는데 어디로 갈까 얼른 생각이 나지를 않는다, 그 시냇가로 찾아가 보아도 그때의 모습은 흔적도 없이 어지럽게 갈대의 잔해만이 누어 있을 터여서 오히려 그리움이 사라질까, 하는 두려움이 앞서기도 하고 이제는 봄이 시냇물을 따라오는 게 아니고 남쪽에서 바람이 실어다 주는 것이라고, 생각하고 싶으니 바람 불어오는 곳을 찾아갈까 해도 그곳이 어딘지 알 수가 없어 선 듯 찾아 나서기도 어렵다. 봄이 오는 양지바른 밭이랑에서 냉이를 캐며 맞이하였으면 좋겠다는 생각에서 전에도 그랬듯이 아내에게 제안을 했더니 요즘은 농약 때문에 냉이 캐 먹기도 쉽지 않다며 일이 있다고 하여 그러지도 못하였다, 그렇다고 봄 처녀를 마중하지 않고 기다리만 있자니 신사의 도리도 아닐 뿐아니라 행여 서운히 여겨 우리 집 뜰을 그냥 지나치지는 않을까 하는 생각이 들어서 마당으로 나와 서성이다가 비닐하우스에 들어가 보았다. 3월의 꽃샘추위답지 않게 호된 추위가 지나간 비닐하우스 안에는 어느새 봄으로 가득 차 있다. 마당 자락에 세워 놓은 십여 평 남짓한 비닐하우스에는 고추 묘가 예쁘게 자라고 있고 겨우내 거실에 있던 화분 몇 개도 이곳으로 이사를 와서 꽃망울을 틔우고 있다. 그간 쌀쌀한 날씨에서는 미처 알지 못했는데 오늘은 햇살이 포근히 감싸주니 그렇게 마중을 하려던 그 봄이 바로 여기에 있음을 이제야 깨닫게 된 것이다.

지난해까지만 해도 밭이 없다는 핑계로 농사를 하지 않았음으로 해마다 가을이면 형님께서 농사해서 주시는 고추를 비롯한 잡곡 등을 늘 미안한 마음으로 얻어먹었는데 작년에 집을 새로 짓고 이사를 한 까닭에 살던 집을 철거하고 보니 이백여 평의 밭이 생기게 되어 금년에는 나도 고추 농사를 조금 하여 볼 요량으로 온상을 만들게 된 것이다. 고추 농사를 해보지 않은 나로서는 종자 선택부터 묘 기른 방법을 몰라서 형님께 물어보았더니 형님께서 묘를 길러 주시겠다고 하는 것을 내가 직접 해보고 싶다고 하였더니 그러면 농약사에 부탁하면 가식할 수 있을 때까지는 길러 주니 그때 그것을 받아서 가식하여 기르면 된다고 하여서 2주 여일 전에 가식한 것인데 신기하게도 어느새 잎이 네 개가 되었다. 그동안 정성으로 물을 주고 돌보면서 이번 추위로 혹시 얼지는 않았을까 걱정이 많았는데 다행히도 잘 견뎌주어서 고맙다. 그리고 오늘은 이 비닐하우스 안에서 봄 마중을 했다고 생각하니, 마음도 오늘의 햇살처럼 한결 포근해진다.

2015. 3. 15

어제 내린 비

어젯밤에 소나기가 한차례 지나갔다. 비가 내릴때에는 마침 외출 중이었기에 집에서 걱정할 것 같아 빨리 가기는 해야겠지마는 가뭄 끝에 내리는 비라서 그쳐주기를 바라기보다는 오히려 좀 더 많이 내려주기를 바라는 마음이 더 간절하였다. 장맛비가 내리겠다는 예보가 있기는 해도 몇 차례 감질 맛나게 애만 태웠으니 그보다는 예보도 없이 갑자기 내려주는 비가 고마울 데 그지없다.

그 간 아내는 마당에 심어 놓은 오이 상추 토마토 등 채소에 물 주기가 매일 일과였다. 뿐만아니라 언덕배기 밑에 심은 호박 몇 포기에는 양동이에 물을 담아 전동차에 싣고 가서는 뿌려 주어도 그때뿐, 잎이 시들라 치면 금방 말라 죽는 줄 알고 애를 태우곤 했다. 또 텃밭에는 고추와 콩을 놓았는데 비가 오지 않는다고 조바심하는 아내의 걱정은 몇백 평 몇천 평 농사하는 이들보다도 오히려 더하지 않았나 싶다. 지난해 텃밭이 조금 생기게 되어서 처음 밭농사를 하는 마음이라서 그러려니 하기는 해도 너무 조바심이기에 곡식도 그렇게 쉽게 말라 죽는 게 아니라고 하면 나도 당신처럼 속 좀 편해 봤으면 좋겠다고 볼멘소리니 나도 걱정하는 체라도 해야 하며 물동이를 들고 나서야 했는데 이렇게 비를 내려주었으니 어찌 고맙지 않으랴.

그리고 이제 당분간은 아내가 물 주는 수고를 하지 않아도 되고 잔디밭에 물주는 내 수고도 덜게 되었으니 마음도 한결 여유로워진 느낌이다.

마침 어제저녁 식사를 하는 자리에서 들은 이야기이다. 70년대에 서독 간호사로 파견되었다가 몇 년 전에 고국에 와 보니 한국이 세계에서 가장 살기 좋은 나라인 것 같다며 그 이유 중의 하나가 어디서나 마음대로 물을 마실 수 있다는 것이다. 중동 지방에서는 물값이 기름값보다 비싸다는 이야기를 들은 적은 있지만, 독일에서도 물을 사서 먹어야 한다는 이야기인데 이제는 우리나라도 물을 사서 먹게 되었기에 이 말이 옳은지는 모르겠는데 자연을 해치고 관리를 잘하지 못한 우리들 잘못의 결과라는 생각도 해보게 되니 내리는 비가 새삼 고마운 마음이다. 또 요즘처럼 이 땅이 아무리 물을 절실히 원해도 나약한 인간의 힘으로는 어쩔 수 없어 하늘을 원망해 보기도 하지만 그래도 때가 되어 이처럼 단비를 내려주니 얼마나 고마운 이 자연의 은혜인가 싶어 감사하다는 마음이 절로 든다.

집에 돌아오니 비는 맞지 않았느냐고 묻는 아내에게 하나님께서 당신 일과 걱정을 덜어 주셔서 좋겠다고 하였더니 그렇긴 하지만 비가 갑자기 와서 빨래가 젖어 다시 빨아야 될 것 같다고 한다.

이른 아침 자전거를 타고 집을 나섰다. 상큼한 바람이 다가온다. 지난 밤에 내린 비로 온 산과 들이 싱그럽다. 초원처럼 펼쳐진 들판의 먼 곳에선 목가가 들려오고 보를 채우고 넘쳐흐르는 시냇물 소리는 자연의 찬가 그대로를 들려준다. 한낮이 되면 또다시 뜨거운 태양이 내리쬘지라도 이 아침은 목가가 들려오는 들녘의 그곳으로 달려가고 싶은데 그래서인지 페달을 밟는 발길은 한결 가벼워지고 평온함은 나를 감싸준다. 어제까지만 해도 오랜 가뭄 탓에 공연히 불안했던 마음이 한 줄기 단비로 이렇게 상쾌한 아침을 내게 주고 평안 주니 이것이 바로 조물주께서 자연을 통해 우리에게 주시는 은혜라는 생각이다.

지금이야 농기계로, 갖가지 농약으로 노동력을 대신 해주지만 그때는 왜 그다지도 일이 많았는지? 이때 쯤 이면 보리 벤 밭에 콩이나 팥, 그리고 고구마 등을 심어 놓으면 잡초가 한참 자랄 때 이기에 김매기를 해야 하는데 장맛비라도 며칠 계속해서 내리기라도 하면 풀이 많이 자라서 일은 그만큼 더 힘들어지게 마련이다. 고달픈 그때였지만 그래도 그 시절, 삶은 감자를 바가지에 담아 놓고는 식구들이 둘러앉아 먹던 소박한 행복의 시간들은 이 아침의 내 마음과 다르지 않았을 것이란 생각도 해 본다.

닭이 울어 새벽을 깨우면 초가집 지붕 위로 연기가 오르면서 하루가 열리고 참새들이 싸리울을 넘나들 때 쟁기를 지고 소를 몰아 사립문을 나서던 머슴 아저씨의 고된 삶의 하루도 이 시각부터 시작되었다. 해도 해도 끝이 없는 농사일은 먹을 것을 만들기 위해 쉴 새 없이 해야만 했던 전쟁과도 같은 삶과의 싸움이었기에 이 아침의 여유가 그때를 생각

하면 사치일지도 모르겠지만, 그래도 나이를 먹어 갈수록 점점 더 그때
가 생각나는 것은 그 시절이 추억으로 남아 있기 때문이기도 하지만, 어
쩌면 막연한 그리움에서인지도 모르겠다.

2015. 7. 7

가을 저녁에

가을이 깊어가고 있다. 이렇게 깊어만 가는 가을밤에는 나도 모를 상념들이 찾아와 왠지 마음을 산란케 한다. 호수 같은 하늘에 떠돌던 조각구름이 어둠에 묻혀 버리고 여정도 없이 떠도는 바람이 뜰에 머물다 떠나가면 담 밑 외진 곳에 홀로 서 있는 맨드라미는 핏빛과도 같았던 그 정열을 잃은 채 찬 이슬에 젖어야 할, 이 밤의 고독을 떨리는 몸짓으로 서러워하고 있는 것만 같다.

이름 모를 벌레들이 울고 있다. 무슨 사연이 있어 밤을 새워가며 저렇게 울고 있는지는 모르지만 어쩌면 차가운 이 가을의 긴 밤을 서러워하며 울어야 할 그들의 운명인지도 모르겠다. 아니면 이제껏 내가 세상을 살아오면서 내 인생이라는 삶 속에 주어진 힘겨운 사연들로 인하여 긴 밤을 괴로워했던 지난날들의 그 많은 시간들처럼 저들도 이 가을밤에 울어야 할 사연들이 있겠지 싶기도 하지만 가을로 가득 찬 하늘의 별을 헤던 시인은 밤을 새워 우는 벌레는 부끄러운 이름을 슬퍼하는 까닭이라 했는데 그러고 보면 정말 내 이름이 부끄러워 내게 다가와 저렇게 울고 있는지도 모르겠다. 지금까지 내가 살아오는 동안 남들에게 또는 내가 내게 부끄러운 일들이 얼마였는지를 돌이켜 보면 정말 부끄럽다는 생각에서 어찌 저들이 밤을 새워 울어주지 않으랴 싶기도 하다.

조금 열린 창 너머로 서쪽 하늘에 별이 구름 사이로 보인다. 문득 이 가을날 저녁의 밤하늘이 보고 싶어진다. 마당에 나와 하늘을 보노라니 오랜만에 바라보는 밤하늘의 별들이 참으로 신비롭다. 구름이 조금은 심술을 부리기도 하지만 언제 이렇게 많은 별들이 하늘을 채우고 있었나 싶기도 하고 무엇이 바빠서 잃어버리고 있었나 싶기도 한 것이 꼭 나를 잃어버리고 있었던 것만 같다. 별을 보면 제일 먼저 찾아보게 되는 것은 언제나 길잡이가 되어주고 자리가 변하지 않아 사람들도 그런 사랑을 원한다는 북극성이다. 마음씨 착한 소녀의 전설이 담긴 북두칠성이나 허영심 많은 에티오피아 왕비의 이야기가 있는 카시오페아도 금방 눈에 들어온다. 그리고 다른 별자리도 생각나는 대로 찾아보는데 멀리 남쪽 끝에서는 이름 모를 별 하나가 내게 손짓을 하고 있는 것만 같다.

예전에도 이때쯤 저녁이면 마당에 멍석을 깔고 누워서 하늘 높이 떠 있는 별들을 바라보기를 좋아했다. 서늘한 바람이 마당을 쓸고 지나가고 하늘 높이 별들이 총총 떠 있을 때면 별자리를 찾아보며 별들의 이야기나 전설들을 떠올리곤 하였는데 어쩌다 유성이 흐르면 저 별은 어디로 누구를 찾아가는 것일까? 혹시 맑은 영혼이 하늘나라로 들어가는 길을 저 별이 안내 해주고 있는 것은 아닐까? 라는 생각도 해 보았고 까막까치가 다리를 놓아 만나게 해준다는 견우 직녀성을 찾으면서는 이 끝에서 저 끝까지 길게 뻗친 은하수를 바라보며 저 은하수가 입에 와 닿으면 햅쌀밥을 먹을 수 있다고 하신 아버지의 말씀을 듣고는 빨리 은하수가 입에 와 닿기를 기다리기도 하였었는데 지금은 그 은하수가 정말 입에 와 닿아 있다.

별들의 이야기를 들어보려고 눈을 감을 본다. 이제 황금 물결을 이루고 추수를 기다리는 그 들판을 지나 내게 다가온 소슬바람에는 이 가을 저녁, 별들의 밀어가 있고 옛이야기가 있다.

석양에 황혼이 곱게 물들었다가 어둠이 내릴 무렵이면 초가지붕 위에 연기가 피어오르고 저녁상을 차려 놓고는 아기를 안고 사립문 밖에 서서 하루 일을 마치고 밭에서 소를 몰고 돌아올 임을 기다리는 아낙의 치맛자락에는 분홍빛 설레임이 가득하고 밥상을 마주하고 하루의 일들을 서로 이야기 하노라면 옹달샘처럼 솟아나는 사랑의 기쁨, 그리고 마루 끝에 앉아서 하늘을 보며 아기에게 별들의 이야기를 들려주노라면 이야기마다 수많은 전설이 찾아와 열리고 그럴 때면 언제나 뒷문 밖 커다란 굴밤나무에서는 부엉이가 찾아와 울어주던 밤, 이제는 이 모두가 마음의 고향이기에 그 마음의 자리에만 남아 있어 그리움 또한 그 마음의 자리로만 달려간다.

2012. 9. 20

상사화

하늘가에 흐르던 따스한 햇살이 산마루에 내려앉더니 봄의 발자국 소리가 들려오기 시작했다. 아직 언 땅이 다 풀리지는 않았어도 밤새 내린 빗줄기를 타고 왔는지 이제 봄의 소리가 아주 가까이서 들리는 것을 보면 모르는 사이 벌써 와 있는지도 모르겠다. 겨우내 거실에 두었던 화분은 어느새 꽃을 붉게 피워 놓았고 맑게 갠 오후의 햇살은 방안을 엿보고 있어 창문을 열게 하였으니 말이다.

아내가 창문을 활짝 열고 청소를 하고 나더니 그 화분을 안방 화장대 위에 가져다 놓고는 창문 커튼도 분홍색 것으로 바꾸었다. 오래된 집이라서 커튼 하나 바꾼다고 해서 크게 달라질 것은 없지만 그래도 그렇게 드리워진 커튼 사이로 방안을 엿보고 있는 햇살은 화분 꽃과 어우러져 노을빛처럼 방안을 가득 채워 주고 있으니 그 빛깔로 봄은 벌써 내게 와 있는 것 같다.

뜰 앞에 상사화가 싹을 조금 내밀고 밖을 기웃거린다. 아마도 정말 봄이 왔는지 살펴보고 있는 모양이다. 눈 속에서 꽃을 피우는 것이 매화라면 제일 먼저 싹을 틔워 봄을 알리는 것은 상사화인데 우리 집에도 이 상사화가 몇 포기 있어 봄이 오는 것을 제일 먼저 알려준다. 상사화를 우리 고장에서는 난초라고 라고 부르지만, 상사화라고 하면 흔히들 석산이라고 하는 꽃무릇을 생각하는데 이 꽃무릇과 상사화는 좀 다른 것으로 알고 있다. 꽃무릇은 초가을에 꽃을 먼저 피우고 그 꽃이 진 다음에 잎이 돋아 겨울을 나는데 비해 지금 싹을 내밀고 있는 상사화는 이루지 못한 사랑을 빨리 만나고 싶어서인지 봄기운이 느껴지면 곧바로 싹을 내미는데 그 싹은 봄내 왕성한 잎으로 자라서 기운이 넘치다가도 초여름쯤이면 잎이 사그라져 없어지게 된다. 그러면 그만인가 싶다가도 8월 중순이 되면 다시 50여 센티 정도의 외줄기 꽃대가 올라와 백합 모양의 분홍빛 꽃을 피운다. 이렇듯 잎이 먼저 나와서 사그라지고 백 일쯤 지난 다음에야 다시 꽃이 핌으로 잎과 꽃이 서로 만나지 못한다, 하여 꽃 이름을 상사화 하는데 이런 전설이 딸려 있다. 어느 마을에 금슬 좋은 부부가 늦도록 자녀가 없어 소원하던 중 딸을 낳아 잘 길러 처녀가 되었을 때 아버지가 세상을 떠나자 딸은 절을 찾아가 아버지의 극락왕생을 위해 백 일 동안 탑돌이 기도를 하게 되었는데 이때 스님 하나가 그 처녀를 사모하게 되었다. 속세를 떠난 몸이라서 어쩔 수 없이 혼자서만 애를 태우다가 처녀가 기도를 마치고 돌아가자 스님은 그리움을 견디지 못해 죽게 되었고 그 무덤에 핀 꽃이 상사화인데 그래서인지는 모르지만, 꽃말도 '이룰 수 없는 사랑'이란다, 그 많은 꽃말 중에 왜 하필이면 이룰 수 없는 사랑일까? 마음을 저리게 하는 말이다. 이룰 수 없는 사랑이라면 당사자들 마음의 상처야 오죽 하련만 남들도 그 사랑에 연민하며 동정하고 때로는 공감하는 것도 어쩌면 그들에게도 이루지 못한 사랑이 있어서인지도 모르겠다. 옛날 황진이를 짝사랑하여 죽은 총각의 상여가 황진이 집 앞에 이르러 가지 못하다가 황진이가 준 저고리 하나를 안고 갔다는 이야기에 연민하는 것도 상사화의 꽃말이 주는 의미일 것이라는 생각도 해 본다.

사람이 세상을 살면서 사랑하는 사람과 평생을 함께한다는 것은 무엇보다 행복한 일이다. 그런데 재미없는 이야기 거리로는 첫사랑과 결혼하여 아들딸 낳고 평생을 행복하게 잘 살았다는 것이란다. 물론 본인들이야 이 세상에서의 가장 큰 축복으로 알고 그 행복에 감사하겠지만 객관적인 남에게는 무관심이나 시샘 때문인지는 몰라도 별로 재미를 느끼지 않는다고 하니 이것 또한 사람의 마음이 아닌가, 싶기도 하다. 그래서인지 사람들이 즐겨 보는 드라마나 영화와 소설, 그리고 노래들도 행복으로 시작하여 행복으로 끝나는 이야기보다는 홍도와 같이 사랑에 속고 돈에 울면서 어떤 이유와 오해 등으로 사랑을 이루지 못하는 이야기들이 더 많은 것 같다. 내가 학창시절에 읽어 본 세계 명작이라는 책들 속에도 로미오와 주리엣의 비련이나 베르테르의 사랑이 그랬고 카츄샤의 실연이 그랬고 마르그리트 고오체가 죽는 순간까지도 영혼을 다하여 주고 간 슬픈 사랑도 그랬다. 그리고 어쩌다 솔베이지 노래를 들을 때면 나도 모르게 눈을 감게 된다. 이 밖에도 이루지 못하는 사랑을 주제로 한 명작들이 많이 있지만 만일 이들의 사랑이 행복하고 아름답게 끝맺음 되었다면 과연 이 작품들이 지금까지도 명작으로 남게 되었을까?

라는 생각도 해 본다. 그러나 때로는 그 사랑의 이야기들로 눈물을 흘릴 수 있고 그 사랑의 이야기들로 마음 아파하고 연민할 수 있는 것은 우리의 마음도 상사화의 꽃만큼이나 더 여리고 순수함 때문이 아닐까 싶다.

이제 상사화에게 물어보아야겠다. 언제 네 사랑을 이룰 수 있느냐고.

2013. 3.12

2부

일상에서
여백을 채우다

건망증도 때로는 즐겁다

날씨가 따뜻할 때가 되었는데도 아직은 여전히 쌀쌀하다.

저녁 식사 후 신문을 읽으며 스포츠 중계방송을 보고 있는데 주방에 있던 아내가 들어오더니 연속극을 보겠다며 채널을 돌리겠다고 한다. 주방에는 아내의 전용 텔레비전이 있어서 대개는 주방에 있다가 9시 뉴스가 시작되어야 들어오는데 오늘은 날씨가 추워서인지 일찍 들어와서는 거침없이 주도권 행사를 한다. 원래 텔레비전의 채널 선택권은 언제든지 아내에게 있는 터여서 어쩔 수 없이 양보하면서도 조금은 볼멘소리로 당신은 아마도 내가 금방 죽는다고 해도 연속극을 볼 사람이라고 하였더니 그걸 이제 알았느냐고 하면서 그래도 조금은 미안하였는지 과일을 가져다 깎아 준다. 나도 채널을 빼앗겼으니 할 수 없이 e메일을 검색하여 보고 있는데 한참 후, 누어 있던 아내가 갑자기 일어나더니 베개도 들어보고 이불도 들쳐보고 야단을 피운다. 왜 그러느냐고 물었더니 안경을 벗어서 머리맡에 놓은 것 같은데, 없다는 것이다. 그러기에 나도 자칫 잘못하여 밟아버리면 돈도 몇만 원 손해려니와 며칠이라도 아내가 불편할 것이기에 이불을 들고 털어보고 요를 뒤집어 보아도 나오지를 않는다.

아내는 몇 년 전에 한쪽 눈을 백내장 수술을 하였는데 지난해부터는 다른 한쪽 눈도 침침하다고 하여 병원에를 갔더니 혈관이 조금 터져서 수술이나 회복은 어려우니 약물치료로 더 나빠지는 것을 방지하는 수밖에 없다고 하여 그날로 안경을 다시 맞추어 쓰고 지내는데 언젠가 한 번은 벗어서 방바닥에 놓은 것을 내가 밖에서 들어오면서 밟아 못쓰게 되어 안경을 벗었으면 한쪽에 잘 놓을 것이지 아무데나 놓아서 밟게 하였다고 야단을 친 적이 있었다.

그래서인지 그 후로는 아내도 안경을 벗게 되면 화장대 위에나 방 한쪽에 잘 놓곤 하였는데 아무리 찾아도 나오지를 않아 혹 다른 데 두지 않았는지 잘 생각해 보라고 하였더니 고개를 갸우뚱거리며 화장대 쪽으로 가다가 깔깔대고 웃는다. 영문도 모른 채 아내를 바라보는데 그제야 내 눈에도 아내의 머리 위에 걸려 있는 안경이 보인다. 어이가 없어 아무 말도 못하고 있으려니 화장대 거울에 안경이 보이더라며 웃음을 그치지 못한다. 누워서 연속극을 보다가 그냥 머리 위로 올린 것을 생각지 못한 것이다. 그렇게 되어 안경을 찾게 된 것은 다행이지만 아내의 건망증이 문제이다. 지난 주말에도 아이들이 오면 먹인다고 찌갯거리를 가스 불에 올려놓고는 다른 일을 하다가 냄비까지 태워서 버렸는데 오늘 또 이러니 이게 바로 주말 연속극이 아닌가 싶기도 하다. 그래서 업은 아이를 찾아 다닌다더니 그 짝이라며 이는 건망증이 아니라 벌써 부터 치매가 온 것이냐고 놀렸더니 그래도 그 소리는 싫었든지 요강에다 밥하지 않는 것만도 다행으로 여기란다. 그런데 더 어처구니없는 것은 안경을 찾느라고 그동안 연속극 보지 못한 것을 서운해하고 있는 아내의 투정이다. 그래서 내가 놀리는 말로 연속극 보다 말고 안경 찾는 것을 보니 연속극보다는 안경이 더 귀한가 보다, 라며 안경보다는 내가 더 좋을 것이고 그러고 보면 드라마보다는 나를 더 좋아하는가 보다, 라고 하면서 언제고 재방송을 보면 되지 않겠느냐고 하였더니 그래도 못내 아쉬워하는 눈치다.

그런데도 신기한 것은 어쩌다 내가 아내에게서 돈을 몇만 원이라도 빌려 쓰고 돌려주지 않으면 그것은 잊어버리지 않고 있다가 영락없이 받아내곤 하는 것이다.

그런데 건망증이라면 나도 큰소리칠 처지가 못 된다. 잘 아는 사람의 이름을 잊어버리고 떠오르지를 않아서 애태울 때가 있는가 하면 내가 외출할 때에 아내가 무엇을 사다 달라고 부탁한 것을 잊어버리고 그냥 오기가 일수고 때로는 약속을 생각하지 못하고 있다가 낭패를 당한 경우가 한두 번이 아니기 때문이다. 어디 그뿐이랴, 어떤 때는 자동차 열쇠를 손에 들고도 찾는가 하면 또 어떤 때는 무엇을 찾다가도 무엇을 찾는지조차도 모를 때가 있으니 기가 막힐 일이다. 그래서 총명이 불여둔필(聰明不如鈍筆)이라는 말대로 나는 약속이나 무슨 일이 생기면 꼭 적어 두지 않으면 안 되게 되었는데 어느 때는 그 적어 둔 것조차 생각지 못하고 지나칠 때도 있으니 말이다. 그래서 내일 아침에는 메모 수첩을 살펴보아야겠다고 생각을 하는데 또 그것도 잊어버리지 않을런지 모르겠다.

건망증이야 나이 들면 다 찾아오는 것이라고는 하지만 그래도 너무 심하다 보면 그것도 걱정일 수밖에 없기에 웃고 지나칠 수 만은 없는 것이지만, 그래도 오늘 저녁만은 아내의 건망증으로 이렇게 한참을 웃을 수 있었으니 건망증도 때로는 고마워해야 할 것 같다.

2012. 3. 8

고개 숙인 허수아비

밭이라고는 이백여 평 남짓한 텃밭이 전부이지만 그래도 거기에다가 채소를 비롯해서 감자와 고구마 그리고 콩, 팥을 심으면 아이들에게도 조금씩 나누어 주며 먹을 수 있기에 농사라고 하는 일이 쉽지만은 않아도 재미를 함께 얻을 수 있어서 좋다. 고된 농사일에 어쩔 수 없이 시달려야만 하는 농촌의 현실을 생각하면 속 편한 소리 한다고 할는지는 몰라도 그래도 농사짓는 사람만이 느낄 수 있는 것만은 분명 한 것 같다. 봄에 감자나 강낭콩을 심으면 여름에 수확할 수 있어서 거기에다가 채소 씨앗을 놓으면 김장거리는 걱정하지 않아도 되니 이렇듯 평범한 농사의 이치와 땅의 고마움이 재미를 느끼게 해주는 것이다.

그런데 봄에는 아내가 어디서 기장 씨앗을 얻어 가지고 와서는 심어 보자고 하여 조그만 밭에 어디 심을 데가 있겠느냐고 하였더니 그래도 조금만 심어 보자고 하기에 포토에다가 모를 길러서 심었다. 아내가 공들여 가꾼 때문인지 농약이나 비료는 하지 않았어도 그간 별 탈 없이 잘 자라 주어서 제법 잘 되었다, 싶었는데 가을볕이 텃밭을 채우기 시작할 무렵부터 이삭이 나오고 영글어갈 때가 되니 참새가 문제였다.

우리 집은 언제나 잡곡밥을 먹는다. 세시 풍습으로 정월 대보름날에는 잡곡밥을 먹는다지만 잡곡밥으로 따지자면 우리 집은 일 년 내내가 정월 대보름이다. 보릿쌀을 비롯해서 조, 수수, 현미 등을 커다란 함지박에다가 쌀과 함께 섞어 놓고는 거기에다 콩, 팥을 넣어 밥을 지어 먹기 때문에 가끔 먹으면 별미일지 몰라도 매일 먹게 되니 먹기가 늘 좋은 것만은 아니라서 가끔은 쌀밥만 해서 먹어보면 어떻겠느냐고 하면 아내는 건강을 위한 것이니 해서 주는 대로 먹으란다. 그러면서 하는 말이 당신이 5 백(白)은 멀리하는 것이 좋다고 하지 않았느냐고 하면 할 말이 없게 된다. 언젠가 TV에서 쌀밥과 밀가루 그리고 소금과 설탕, 조미료 이 다섯 가지 흰 것은 멀리하는 것이 좋다는 말을 듣고는 아내에게 해준 말인데 그것을 잊지 않고 내게 되받으니 할 말이 없게 되는 것이다.

어쨌든 잡곡을 많이 먹는 연유로 기장 농사를 하게 되었고 비가 온다는 예보가 있어 다른 일 제쳐두고 오늘 서둘러 베어놓고 보니 쭉정이 뿐이다. 낟알이 여물기 시작할 무렵부터 참새 떼에게 수난을 겪었기 때문이다. 조그만 참새가 먹으면 얼마나 먹으랴 싶었는데 그게 아니었다. 근래 몇 년 동안은 추수 때가 되어도 참새 떼가 보이지를 않아서 이러다가는 참새마저 없어지게 되는 것은 아닌가, 라는 생각도 했었는데 금 년엔 참새 떼의 극성이 이만저만이 아니다. 처음엔 몇 마린가 싶더니 파발을 띄워서 다 모이도록 했는지 몇십 마리 정도가 아니라서 얼마나 되는지 알 수가 없다. 특히 기장은 무슨 별미라도 되는지 아침저녁 가릴 것 없이 온종일 밭에서 사는데 아무리 쫓아도 소용이 없다. 휘이 휘이 소리를 질러도 목만 아플 뿐이고 아내가 하도 속상해하여 은색 테이프를 얼기설기 느려 보기도 하고 허수아비도 만들어 세워 놓았지만, 소용이 없다. 처음에는 속는 듯하더니 얼마 후에는 위협에 아무 도움이 되지 못하는 것을 알고는 아예 허수아비 머리에 앉는 여유까지 보이고 있다.

가을이 되면 허수아비가 농촌의 평화로운 모습을 연상케 하는 향수의 대상으로 그리움을 자아내기도 한다지만 이렇게 참새에게까지 천대를 받아서야 허수아비인들 어찌 마음이 상하지 않겠는가, 자존심도 자존심이겠지만 아마도 주인에게 제 할 일을 다 하지 못한 미안한 마음에 고개를 숙이고 있는 것인지도 모른다. 그러니 어쩌랴 그것은 허수아비의 잘못도 아니고 참새에게는 치열한 생존의 방법인 것을, 그래서 너무 미안해하지 말라고 하면서 허수아비의 숙인 고개를 일으켜 세워주었다.

필요한 잡곡은 대체로 사서 먹을 수밖에 없지만 그래도 내 손으로 농사지은 것을 먹어보겠다고 여름내 애써 가꾼 곡식을 참새에게 다 빼앗겨 버렸으니 아내가 속상해하는 것도 당연하지만 아무리 속상해, 해도 어쩔 도리가 없기에 이제는 그만 마음이라도 편하게 체념하라고 하면서 참새도 하나님께서 기르신다고 하지 않았느냐 "공중의 새를 보라, 심지도 아니하고 거두지도 아니하고 창고에 모아들이지도 아니하되 너희 하나님께서 기르시나니 너희는 이것들보다 귀하지 아니 하냐" 라고 가르치신 예수님의 말씀을 생각하라고 하였더니 아내는 나더러 당신은 참 속도 편한 사람이라고 하면서 그래도 그렇지 농사지은 사람에게 반이라도 남겨주어야 할 것 아니냐며 상한 마음이 풀리지 않는 모양이다. 그러나 어쩌랴? 억지로라도 하나님께서 우리 부부를 참새 기르는 일꾼으로 삼아 주셨다고 생각하니 웃음이 절로 나온다.

2013. 10. 19

관리의 중요성

　우리 집에는 30년을 넘게 쓰고 있는 경운기가 있다. 겉모양은 낡고 찌그러지기도 하여서 볼품은 없지만 그래도 사용하는 데는 아무런 문제가 없다. 지금은 식량이나 할 만큼의 벼농사만 조금 하고 있기 때문에 경운기 쓸 일도 거의 없게 되었지만 그래도 기계의 원리와 구조를 조금은 알고 있어서 그간 집에서 손 볼 것은 그때그때 손보기도 하고 고쳐 쓸 것은 고쳐 쓰면서 관리를 잘해 왔기 때문이다. 자동차도 마찬가지이다. 15년이 다 되도록 타고 있지만 아직은 엔진이나 기관에는 별문제가 없다.

　그런데 내가 왜 이처럼 고물이나 다를 바 없는 경운기나 자동차를 들춰가면서 관리의 필요성을 강조하는지 그 이유를 설명해야 할 것 같다.

　화창한 날씨 탓에 집안 청소며 빨래를 비롯해서 화단 김매기까지 좀 과로하는가 싶었는데 어제저녁부터 아내가 속이 메스껍고 어지럽다며 몸 상태가 좋지 않다고 한다. 소화 불량 쯤으로 생각하고 자고 나면 괜찮아지겠지 하는 마음으로 그냥 대수롭지 않아 했는데 오늘 아침에는 열도 나고 더욱 괴로워한다. 마침 토요일이라서 진료를 하는지 몰라 전화로 청주에 있는, 전에 다니던 병원에 문의 하였더니 아침 식사 후 두 시간에 맞추어 오라고 한다. 시간에 맞추어 병원엘 가서 소변과 혈액을 채취하고 차례를 기다리는 동안도 아내는 앉아 있지를 못하고 대기석 의자에 누어 있어 다른 내원 환자들 보기에 민망스러워도 어쩔 수가 없었다. 원장 선생님은 교회 장로님으로 전부터 알고 지내는 터이기는 하지만 진료 결과를 상세히 설명해 준다. 혈액이나 요 변 검사로는 별문제가 없고, 과로하여 몸살이 좀 심한 것뿐이니 걱정하지 않아도 된다는 이야기였다. 처방대로 약을 받아가지고 좀 쉬었다 갈 요량으로 딸아이에게 들렸더니 마침 집에 있었다. 현관문을 열고 들어서자 딸아이가 대뜸 하는 소리가 엄마 왜 그래, 어디 아파? 하고 호들갑이다. 아내를 소파에 누인 후 어제 과로한 것과 병원에 다녀온 이야기를 대충 해주었더니 조금은 안심이 되었는지 하는 소리가 엄마는 내과보다는 정신과에라도 가서 잠시도 가만히 있지를 못하는 성미부터 고쳐야 다른 병이 나지 않는다고 핀잔을 준다.

아내는 원래가 가만히 있지를 못하는 성미다. 할 일이 없으면 뜰에 없는 풀이라도 뽑아야 하고 아직은 깨끗한 이불도 뜯어서 빨아야 한다. 그러고도 모자라면 냉장고에 있는 것을 모두 꺼내서 다시 정리를 해야 하고 또 무엇을 하는지 주방에서 늘 동당거린다. 그러니 딸아이도 이러한 제 어머니의 성격을 잘 아니까 그것을 나무라며 이제는 연세도 있고 하니 몸 관리를 좀 잘하라고 당부하는 것이다. 그런데 몸 관리 이야기가 거기서 끝났으면 좋으련만 화살이 내게로 향한다. 아버지는 마나님 관리를 어떻게 하셨기에 이렇게 되도록 두었느냐는 것이다. 그리고는 병원에 데리고 다니는 것만으로 마나님께 잘하는 것이라고, 생각지 마시고 평시에 마나님 관리를 잘하셔서 병원에 가지 않도록 하는 것이 훨씬 더 잘하는 것임을 잊지 말란다. 그리고는 "경운기 관리를 잘해서 30년 넘게 쓰고 있으면 무얼 해? 엄마도 앞으로 30년 넘게 더 잘 쓸 수 있도록 관리를 잘해야지" 하며 관리의 중요성을 강조한다. 그러고 보니 아내의 아픈 것이 내 탓이 되고 말았지만, 딸아이의 말이 아주 잘못 된 것은 아닌 것 같기도 하다. 40년을 넘게 부부로 살아오면서 아내가 나로 인해 속 썩이는 일은 없도록 노력하며 살아왔다고는 생각하지만 그래도 아프다 소리를 잘하는 아내의 건강에 대해서는 관심이 좀 부족 했던 것은 사실이기 때문이다. 하지만 그렇다고 또 내 마음대로 관리가 되지 않는 탓도 어쩔 수 없이 많이 있으니 어쩌랴, 생명이 없는 물건들이야 경운기나 자동차와 같이 관리를 잘하면 좀 더 오래도록 쓸 수도 있고 화초 같은 것은 관리하는 대로 모양을 만들고 꽃을 피울 수도 있지만, 인격이나 주관, 자존심 등의 배타적 요소도 내재 되어 있는 사람의 마음이야 어디 내 마음대로 관리가 쉽겠는가 말이다. 그러기에 내 주관적 관리는 아니더라도 좀 더 배려하고 좀 더 관심을 가져주는 보편적 관리가 필요하다는 생각에서 아내의 건강을 관리해야 할 것 같다는 생각도 하게 된다.

오후에 마침 지인의 여 혼이 있어서 예식장에를 가게 되었다. 비를 뿌리는 궂은 날씨이지만 결혼 시즌에 맞게 주차할 공간이 없을 만큼 그 커다란 주차장이 가득 찼고 예식장 안은 말 그대로 인산인해였다. 혼주에게 축하의 인사를 전하고 돌아오면서 기쁠 때나 슬플 때나 부 할 때나

가난할 때나 어려울 때나 병들 때나 언제라도 서로 존경하고 위로하고 사랑하며 살겠노라는 결혼 서약을 잊지 않고 살아간다면 일생을 통하여 언제나 행복이라는 최고의 가치를 얻을 수 있을 것이라는 생각과 또 평생을 부부로 살면서 건강하게 함께 해로(偕老)할 수 있다는 것은 이 땅에서 누리는 복 가운데에서도 그 무엇보다도 가장 큰 복을 누리는 것이라는 생각도 해 본다.

2012. 4. 14

닭장의 경사

    시골에 살면서도 몇 마지기의 벼농사 외에는 다른 농사를 하지 않고 있기도 하지만 농사일을 잘하지 못하는 아내는 그 대신 살림 다독이는 것과, 닭 기르는 것을 재미로 여기고 있다. 그래서 우리 집은 다른 농가들에 비해 비교적 간결한 편이고 겨울철에도 언제나 닭 몇 마리는 있기 마련이다. 대개는 시장에서 조금은 큰 병아리를 몇 마리씩 사다가 기르는 것이 보통이지만 지난해 이맘때쯤에는 집에서 병아리를 부화하고 싶은데 암탉이 품지를 않는다고 하였더니 형님께서 토종닭 몇 마리를 주셨는데 그것이 자라서 봄내 알을 잘 낳더니 그중 한 마리가 알을 품고 싶어 꼬꼬 거리기에 짚으로 둥지를 만들어서 열 개의 알을 넣어 주었는데 오늘 아침에 사료를 주려고 닭장에 들어서니 삐악거리는 소리가 나기에 들여다보니 여덟 마리의 새 생명을 탄생시켰다. 흔히 하는 말처럼 달걀을 사람이 깨면 반찬이 되고 스스로가 깨고 나오면 병아리가 된다더니 스무하루를 어미 닭 품에 있다가 껍질을 깨고 세상 밖으로 나온 것이다. 신기하기도 하고 귀엽기도 하여 손으로 잡아보려고 하니 어미는 모성애의 본능으로 손등을 찍으며 난리를 피운다.

달걀은 생명을 품은 세계였다. 하나의 세계를 깨뜨린다고 하는 것은 고통을 견디어야 하는 아픔이 있기 마련인데 달걀이 병아리가 되기 위해 얼마만큼의 고통을 겪고 참았을까? 하는 생각에 문득 나도 고정관념이나 선입견, 또는 아집이나 편견 같은 껍데기가 있으면 버려야 되지 않을까? 라는 생각도 해 본다.

우리 집 닭장은 다세대 주택이다. 담장과 차고 옆에 서너 평쯤 되는 공간이 있어 그곳에 철망을 두르고 스레이트로 지붕을 덮어서 그 안에 또 칸막이를 하여 3칸으로 나누었는데 각 칸 마다 살림을 따로 하는 주인들이 몇 마리씩은 다 있다. 한쪽 칸은 애완용 조류를 기르고 싶어 파이프를 세워서 기둥을 만들고 2층으로 만들었는데 아래층은 얼마 전에 어느 분에게서 얻어 온 애완용 닭 한 쌍이 새살림을 차렸고 지금 그 2층이 병아리가 어미와 함께 당분간 살집이다. 제일 넓은 집에는 알을 낳는 큰 닭 12마리가 있는데 매일 10여 개의 알을 낳아 준다. 가끔은 미처 꺼내오지 못한 알을 닭들이 쪼아 먹어 아내가 속상해 하기도 하지만 그래도 매일 달걀을 몇 개씩 얻을 수 있는 것이 즐거운 모양이다. 주요섭님의 단편 소설에서는 젊은 미망인이 자기 집 사랑방에 하숙하는 선생님에게 달걀을 밥상에 올려 줌으로 자신의 숨은 연정을 표현하였는데 우리 두 내외가 먹는다고 해도 달걀은 남게 마련이어서 아내는 그것을 모아서 신문지로 다섯 개 혹은 열 개씩 싸서 냉장고에 넣어 두었다가 우리 아이들이나 친지들에게 나누어 주는데 나누어 주면서도 집에서 기른 것이라서 맛이 좋다는 빈말도 잊지 않는다. 그러기에 아내가 신문지로 달걀을 싸는 것을 보면 또 누구를 주려는가 보다, 싶어 누구를 주려느냐고 물으면 아내는 내가 누구를 주든지 내 맘이니 상관 말라고 한다. 사료를 구입하고 먹이를 주는 것과 닭장 청소 등 관리는 언제나 내가 하고 있는데, 재주는 곰이 부리고 돈은 왕 서방이 받듯이 아내는 공짜로 인심을 쓰고 있는 것이다. 그리고 사룟값이나 노동력을 감안하면 손익계산서로는 맞을 리가 없지만, 아내는 그래도 이렇게 닭을 기르면서 달걀을 챙기고 나누어주는 것이 그렇게 즐거운가 보다.

지금은 이렇듯 흔한 달걀이 그때는 왜 그렇게 귀하였는지, 달걀로 인한 어릴 적 생각이 떠오르면 나는 어머니에 대한 그리움에 싸이고 만다.

지금이야 알 판이 있어 편리하고 안전하게 보관도 하고 운반도 할 수 있지만, 그때에는 볏짚을 펼치고 열 개씩 묶어서 이를 한 줄이라고 하였는데 달걀 하나라도 쉽게 먹을 수 있는 것이 못 되었다. 중학교 3학년 때쯤으로 기억된다. 당시에는 보리 베고 모내기할 때가 되면 학교에서는 가정 실습이라 하여 학교 수업을 쉬고 집에서 가사를 돕도록 하였었는데 내가 가정 실습을 마치고 학교에 가기 위해 청주에 가려는데 내게 줄 차비가 없자 어머니께서는 급히 달걀 한 줄을 엮어서 마을에서 장사하는 분에게 팔아 여비를 마련해 주신 일이 있었는데 그 생각을 하면 지금도 그때 그 모습의 어머니가 내 앞에 계신다.

이제 병아리가 태어남으로 닭장에는 식구가 늘어나는 경사가 생겼으니 청소를 말끔히 해주고 사료를 듬뿍 퍼다 주는 것으로 축하를 대신하여 주었다.

2012. 5. 15

돌팔이 이발사

봄비가 내린다. 오늘은 모임에서 전주 쪽으로 여행가기로 예정되어 있으나 며칠 전에 찾아온 감기가 아직 나가지 않고 있고 비 예보도 있고 하여 일정을 취소하고 집에서 하루를 쉬기로 하였다. 그래서 다른 날과는 달리 느긋한 마음으로 누워 있는데 아내가 아침을 먹으라고 한다. 하는 수 없이 내키지 않는 마음으로 일어나 세면을 하고 식탁 앞에 앉아서 텔레비전을 켜니 무슨 리스튼가 뭔가 하는 뉴스가 며칠째 계속되고 있다. 어느 기업의 회장이 수사를 받던 중 자살하면서 남기고 간 쪽지가 정치판에 폭풍을 몰고 왔는데 문제는 그 쪽지에 억대의 돈을 주었다고 거명한 이들이 정치권의 핵심 고위 인사들이라는 것이다.

죽은 자는 말이 없지만, 사람이 죽을 때는 정직 해진다고 했으니 그의 말을 믿지 않을 수도 없고 또, 거명된 이들은 하나 같이 자신은 모르는 일이라고 부인하고 있으니 마녀사냥 몰이로 나설 수도 없고 보면 사실을 규명하기가 난감하겠지만 그래도 엄정한 수사가 이루어진다면 불가능하지도 않을 것이란 생각이다. 그런데 언제 대형 정치 사건이 공정히 마무리된 적이 있으며 또 그랬다, 해도 국민이 정부를 신뢰할 수 있었는가 하면서 이번만은 정말로 국민들이 납득할 만 한 답을 얻었으면 하는 생각으로 아침을 먹고 있는데 전화벨이 울린다.

수화기를 드니 형님 목소리다. 오늘 시간이 있으면 이발을 해주면 좋겠다는 이야기여서 아침을 먹고 올라가겠다고 하니 기다리겠다며 전화를 끊는다.

내게는 형님이 네 분인데 큰 형님은 오래전에 고인이 되셨고 둘째 형님은 의정부에서 사시고 셋째 형님은 같은 마을에서 사시는 관계로 이발소에 가시기보다는 내가 이발을 해 드렸는데 이번에도 이발할 때가 되었나 보다. 우리 집에는 이발 기구가 갖추어져 있고 나는 이발사는 아니더라도 남이 보기 싫지 않을 만큼은 할 수가 있어서 자청하여 형님의 전용 이발사가 되었다.

아버지 생전에도 언제부턴가 내가 이발을 해 드렸는데 그때마다 이발 보자기를 두르고 나면 하시는 말씀이 어머니께서 당신께 오셔서 고생 많이 하셨다는 것과 나는 뵙지를 못하였지만, 할아버지께서 몇 년만 더 사셔서 당신을 지켜주셨어도 젊은 시절을 철없이 보내지 않았을 것이라는 두 가지 말씀은 언제나 입버릇처럼 하시곤 하였는데 이는 어머니에 대한 사랑과 당신 부모님에 대한 애정과 그리움을 함축한 말씀으로 당시 젊은 나로서는 팔구십 노인의 마음을 헤아리지 못했는데 이제는 내가 그 마음을 이어받고 있으니 형님의 머리를 깎아 드릴 때마다 그 하신 말씀을 되새겨 보기도 한다.

내가 처음 다른 사람의 머리를 깎아 주게 된 것은 노인 요양 시설에서 어르신들의 이발을 해 드리게 된 때부터인데 그때는 그냥 긴 머리만 잘라내면 된다, 싶어서 가위를 들게 되었는데 그래서 이발사가 아닌 이발사로서 지금은 형님의 전용 이발사 노릇을 하고 있다.

또 이발하면 생각나는 것이 우리 아들 다섯 살 때 그러니까 40여 년 전 일이다. 제 엄마가 아이 머리를 깎아 주었으면 좋겠다고 하여서 보채는 아이를 달래가며 머리를 깎아 주고 있는데 숙이고 있던 고개를 드는 바람에 그만 이마 쪽 머리를 싹둑 자르게 되어서 거울을 보고는 울기 시작하는데 아무리 달래도 막무가내다. 그 후로는 머리를 깎자고 하면 도망치다시피 하여 어쩔 수 없이 이발소 신세를 지게 되었는데 지금도 그 이야기를 하면 아내는 웃음을 참지 못하고 아들은 그 실력으로 어떻게 남의 이발을 해주느냐고 하지만 그래도 나는 그때 일을 내 잘못으로 여기지 않고 머리를 든 아들의 잘못이라고 항변하고 있다.

이발 기구를 들고서 형님댁으로 가니 마침 십수 년 전 이곳으로 이사를 와서 형님과 이웃으로 사는 이가 와 있다가 내가 형님 이발해 드리는 것을 보고는 장로님은 이발도 할 줄 아느냐고 하면서 형님과 나누는 대화가 부럽다고 하기에 별것을 다 부러워한다고 하였더니 자기는 형제들과 떨어져 살기도 하지만 만나도 별로 할 말이 없는데 자기가 늙어서 지금 우리처럼 대화할 수 있게 될른지 모르겠다는 것이다.

내가 비록 돌팔이 이발사지만 가끔은 마을 어르신의 이발도 해 드릴 수 있고 아버지께서도 생전에 네게 이발을 하시면서 행복해하셨고 지금 형님께서도 좋아하시니 나 또한 즐거운 것이다.

2015. 4. 15

동틀 무렵

이른 새벽, 눈을 뜨면 내게는 또 새로운 하루가 시작되는 시간이다. 창문 쪽을 바라보아도 아직은 한밤인 양 어둠에 묻혀있다. 얼마 있으면 날이 밝아오겠지만 아직은 고요한 미명이다. 밤이 길어진 때문이기도 하겠지만 나이 탓인지는 몰라도 예전에 비하면 잠이 줄어든 것도 사실이다. 조금은 늦게 일어나는 경우도 가끔은 있지만, 이때쯤이면 늘 잠에서 깨게 마련이다. 그리고는 직감으로 4시는 좀 넘었으리라고 생각하며 전등을 켜면 거의 틀림이 없다. 알람을 맞추어 놓은 것도 아니고 이때 꼭 일어나야겠다는 다짐을 하는 것도 아니지만 이제는 습관처럼 된 듯하다. 누어있어 보았자 잠이 더 올 것도 아니고 쓸데없이 공상만 옥신각신하며 오 갈 테니 세수를 한 다음 인터넷으로 새로운 뉴스는 없나 살펴보고는 날이 밝기까지 책을 읽는다. 날이 밝기까지래야 한두 시간 남짓 하지만 그래도 이 시간이 책 읽고 글쓰기에 가장 좋은 시간이다. 요즘은 젊어서 읽었던 기억으로 전쟁과 잘못된 사상의 선택으로 불행한 죽음을 맞이한 주인공들의 애련이 생각나서 박경리님의 "시장과 전장"을 다시 읽고 있는 중인데 몇 장 넘기지 않아서 날이 밝기 시작한다.

이렇게 동이 틀 때쯤이면 창밖으로 가로 늘어진 전선 줄엔 가끔씩 참새 떼가 날아들고 비둘기 까치도 찾아와서 아침 인사를 하는가 하면 어느 날에는 이름 모를 길손들도 쉬었다 가는데 그중에 단골손님이던 비둘기가 보이지 않은지 꽤 여러 날이 되었다. 그동안 먹고 살 곳을 찾아다니느라 바빴는지 아니면 어디 여행이라도 다녀왔는지는 모르겠지만 그렇게 한동안 보이지 않아 그냥 잊고 있던 놈들이다.

그런데 오늘 아침, 그렇게 보이지 않던 비둘기 하나가 웬일로 날아와 앉더니 잠시 후에 또 다른 놈이 와서는 거리를 두고 앉아서 서로 말이 없다. 한참을 그렇게 앉아 있다가 한 놈이 조금 다가가자 다른 놈이 물러나고 또 다가가면 또 물러나는 것을 보아 아마도 지난밤에 부부싸움을 한 모양이다. 그러고 보면 그동안 보이지 않던 것이 혹시 부부간 문제가 있어서 그런 것은 아니었나 하는 생각도 든다. 집안이 궁하면 부부싸움을 하게 된다는데 가장이 가장 노릇을 하지 못한 탓인지 딴짓을 한 탓인지 아니면 주부가 공연히 심통을 부리는 것인지는 몰라도 한 놈은 화가 단단히 나 있는 것 같다. 그러자 다가가던 놈이 돌아앉아서 나 있는 쪽을 바라보며 무어라 하는 것이, 화해를 시켜달라고 중재 요청을 하는 것 같아도 부부싸움은 당사자들이 풀어야 할 문제이지 내가 나설 일은 아니기에 손사래 치고는 잠자코 있었더니 화가 난 놈이 날아가 버리고 곧바로 다른 놈도 뒤따라간다. 살다 보면 부부싸움도 하게 되기 마련이고 또 부부싸움은 칼로 물 베기라고 적당히 하면 활력소가 될 수도 있겠지만 골이 깊어지면 불행해지는 경우도 있으니 이들 비둘기 부부도 적당한 선에서 화해하고 다정한 모습으로 다시 와 주기를 바라는 마음이다. 그리고 비둘기는 부부 금슬이 좋다고 하였으니 아마 저들도 사랑싸움이겠지, 하면서도 가화만사성家和萬事成이라는 교훈을 잊지 않았으면 한다.

우리 부부도 가끔은 다투게 되는데 우리 부부가 다투게 되는 것은 언제나 사소한 데서 비롯된다. 남에게서처럼 무슨 이해관계가 얽혀 있는 것도 아니고 또 무슨 미움이나 원한이 있어서도 아니니 싱겁게 끝나기 마련이지만, 그렇다고 재미있어서 다투는 것도 아니고 보면 어떤 일들이나 조금의 생각 차이를 내 쪽으로 끌어당기려 하고 좀 더 배려해 주었으면 하는 욕심이 아직도 남아 있기 때문인가 보다.

어제만 해도 그랬다, 새집으로 이사를 했으니 전에처럼 밖에서 나무를 때어 쓸 수 있는 솥을 걸어 달라고 하여 하루종일 벽돌을 쌓아 만들었더니 뒤늦게 아궁이가 작다고 투정이다. 그러기에 나는 괜찮다, 작다 하며 서로 우기다가 아내가 그만 심통이 나고 말았다. 대개의 경우는 내가 지고 말지만, 이번 경우는 고칠 수 있는 상황이 아니라서 요구를 들어주지 않았더니 아직도 새침해 있는 것 같다.

이런 연유로 해서 그리고 한동안 보이지 않던 비둘기가 다시 찾아와 준 반가운 마음에서 그들을 보며 잠시 쓸데없는 상상을 하였어도 마음은 공연히 즐거워진다. 주방에서는 아내가 식사를 준비하는 소리가 들리니 조금 있으면 아침을 먹으라고 할 것이고 그러면 식사를 하면서 이 비둘기 이야기를 아내에게 하여 주면 어떤 말을 할까? 아마도 글거리 하나 또 생겼네, 하면서 웃겠지, 생각만 해도 재미있다. 오늘도 이렇게 재미있는 일들로 해서 즐거운 하루가 되었으면 좋겠다.

이제 또 오늘의 태양이 떠오르고 있으니 말이다.

2015. 9. 3

새벽을 걸으며

속리산 유스 타운에서 하룻밤 유숙을 하게 되었다. 집 밖에서 잠을 자는 경우가 거의 없기에 어디 여행이라도 가게 되어 외박을 하게 되면 잠을 설치게 마련이다. 지난가을 그러니까 작년 이맘때쯤 제주도에서 이틀 밤을 잘 때에도 호텔 침대에 누우면 먼저 집 안방 생각이 났는데 이번엔 합숙을 하게 되니 잠자리가 불편할 줄 알았는데 이상하게도 단잠을 잘 수 있었다. 행사 참여를 위한 준비를 하느라 신경을 쓴 탓에 피곤했던 모양이다.

잠에서 깨니 습관대로 4시가 조금 넘었다. 집이라면 책을 읽거나 거실에서 텔레비전이라도 보겠지만 누어있어 봤자 잠을 더 잘 것도 아니고 모처럼 이 가을에 속리산에서 새벽을 맞았으니 운동도 할 겸 산사의 정숙함도 느껴보기 위해 밖으로 나섰다. 넓은 마당에 서서 두 팔을 들어 기지개를 켜니 구름 없는 서쪽 하늘에 별이 총총하다. 그 많은 별들이 제각각 맑은 빛으로 내게 다가오는데 그 가운데서 세 개의 별이 눈에 뜨인다. 삼태성이다. 그 간 하늘 끝 긴 여행을 하고 돌아왔나 보다. 이 가을, 새벽하늘의 별을 보노라니 문득 윤동주님의 "별 헤는 밤"이 떠오른다. /별 하나의 추억과 /별 하나에 사랑과 /별 하나에 쓸쓸함과 / 별 하나에 동경과 /별 하나에 시와 /별 하나에 어머니, 어머니,

　지금은 빛이 영롱해도 이제 곧 스러져야 하는 이 새벽의 별들도 하고 싶은 이야기가 남아 있는지 속삭임이 들린다. 이들의 밀어를 알 수는 없지만, 오늘도 내게 행운과 평안을 주는 축복이리라 생각하며 감사의 마음도 가져 본다. 이렇듯 이 시간, 이 가을 하늘의 별들이 내게 추억과 낭만을 주고 이처럼 좋은 생각을 실어다 주니 행복한 마음에 발걸음이 가볍다.

　도로로 나서니 새벽길은 너무도 고요하다. 인적은 물론 차량 통행마저 하나 없는 길을 혼자서 걸어도 늘어선 가로등을 따라 앞서다가도 뒤따르기도 하는 그림자가 있어 이야기를 나누니 외롭지 않다. 지금까지 살아온 이야기, 남은 날들을 살아갈 이야기, 그리고 어제 아침 집을 나설 때 아내에게 한 농담이며 오늘 오후에 있을 지역 순방, 명사 시 낭송회에서 내가 낭송할 연습까지 하려는데 들어주던 그림자가 보이지 않는다. 이야기하느라 가로등 길이 끝난 것을 몰랐는데 어둠에 혼자가 되고 보니 갑자기 외롭다는 생각이 든다. 어디 먼 길을 떠나려면 새벽에 집을 나서기 마련인데 그때 새벽길을 홀로 걷는 나그네의 마음이 어땠을까? 여행의 목적에 따라 다를 수는 있겠어도 동반자 없이 혼자서 가는 길은 외로울 수밖에 없었을 것이다. 동반자, 그래 가는 길엔 동반자가 있어야 한다. 가끔은 혼자 서가 좋을 때가 있겠어도 내 인생 여정의 긴 여행도 사랑하고 사랑해 주는 동반자들이 있었기에 울고 웃으면서 여기까지 올수 있었으니 말이다. 혼자서는 사막을 건너지 못해도 동반자가 있으면

할 수 있다 했으니 내게 동반자들이 있듯이 나도 다른 이의 가는 길에 이야기를 들어 줄 동반자가 되어줄 수 있으면 좋겠다.

어둠의 길이 끝나고 다시 가로등 길이 펼쳐진다. 듣는 이 없어 못다 한 이야기를 따르는 그림자와 다시 나누다 보니 사내리 시내에 이르렀는데 어제저녁 철시한 상가는 왠지 축제가 끝난 자리처럼 쓸쓸한 느낌이다. 잔디 광장을 한 바퀴 돌며 속세의 욕심을 이 고요 속에 묻고 갔으면 좋겠다는 생각도 해본다.

되돌아오는 길, 동이 트면서 하루가 열리고, 천황봉 위에 별 하나가 외롭게 걸려 있는 것이 아직도 내게 할, 이야기가 남았는가 싶어 걸음을 멈추니 작별 인사를 해야 되지 않겠느냐고 한다. 이젠 가로등도 하나, 둘 꺼지고 그림자도 사라진 길 앞쪽에서 마주 오는 이는 걸음걸이로 보아 아침 운동을 나온 모양이다. 스쳐 지나며 안녕하세요? 하고 인사를 주고받으니 이 하루의 첫 만남도 공연히 즐거워진다. 나날이 그렇듯 오늘은 내 남은 날에서 가장 젊은 날이니 오늘도 최선을 다하는 하루였으면 좋겠다.

버스 터미널에 이르러 대합실에 들어가 긴 의자에 앉아본다. 첫차가 뜨려면 아직도 두어 시간은 있어야 하겠기에 승객이 있을 리는 만무하지만, 텅 빈 대합실에 홀로 앉아 있는 마음은 마치 이름 없는 간이역에서 언제 올지 모를 기차를 기다리는 이방인이 되어 보기도 하며 어디로든 이대로 여행을 떠나고 싶어지는 것도 이 가을의 유혹이 아닌가 싶다.

2015. 9. 22

스마트 폰

　한참을 지난 이야기이지만 딸애가 스마트 폰을 가지고 와서는 이것을 쓰시라며 내민다. 그래서 지금 쓰고 있는 것도 괜찮은데 왜 바꾸느냐고 하였더니 스마트 폰은 인터넷을 비롯해서 기능이 다양하여 여러모로 편리하다면서 사용법을 알려준다. 전화나 문자 보내는 것 등 기본적인 것은 다를 바가 없고 인터넷은 컴퓨터가 있어 별로 쓸 일이 없을 것 같고 하여 오히려 가지고 다니기만 불편할 것 같다고 하였더니 케이스를 열어 보이면서 신분증과 카드 그리고 몇 장의 현금도 넣을 수 있으니 지갑 삼아, 가지고 다니라기에 기왕 가지고 온 것이고 또 새것에 대한 호기심도 조금은 있어서 못이기는 체 받아 두었다. 그런데 가지고 다니다 보니 지갑만큼이나 커다란 스마트 폰이 요즘 같은 여름철엔 여간 불편한 게 아니다. 여자들이야 가방을 들고 다니니까 휴대폰이 좀 크고 무거워도 괜찮겠지만 또 나도 다른 철에는 양복이나 점퍼를 입고 다니니까 주머니에 넣고 다니면 그렇게 불편한 줄을 몰랐는데 여름날엔 특별한 자리가 아니면 가벼운 바지에 반 팔 상의나 T셔츠를 입게 마련이니 불편할 수밖에 없다. 딸아이 말대로 요즘 누가 카드 쓰지 현금 가지고 다니느냐 해도 현금 얼마는 가지고 다녀야 마음 편한 내 습성으로는 지갑도 버릴 수 없어, 가지고 다니다가 저 지난가을엔 이런 일도 있었다. 제주도 문화 탐방 여행을 마치고 돌아올 때 청주 공항에 내려서 집에 오는 차를 타고 막 출발하려는데 전화가 와서 받아보니 공항 사무실이라며 신분을 확인한 뒤 지갑을 잃어버리지 않았느냐고 하기에 주머니를 뒤져보니 지갑이 없다. 바지 뒷주머니 단추를 채우지 않아서 비행기 좌석에 빠진 모양이다. 신분증과 카드는 스마트 폰 케이스에 있어 지갑 안에는 현금이 조금 있었을 뿐인데 항공기 좌석 번호로 내 신분을 알았는지는 몰라도 지갑을 찾아 준 승무원에게 지금도 고마운 마음이다. 그래서 이 일이 있고 부터는 넣을 주머니도 마땅치 않아 될 수 있으면 지갑은 안 가지고 다니는데 그래도 스마트 폰만 가지고 다닌다 해서, 불편하지 않은 것은 아니다. 그렇다고 안 가지고 다닐 수도 없는 노릇이고 보면 전에 쓰던 작은 폴더 폰 생각이 날 때가 많아도 궁금한 것이 있으면 그때그때 바로 알아볼 수 있기에 다시 바꿀 마음도 없으니 이 또한 야속한 마음이 아닌가 싶다,

오늘 아내가 정기 진료를 받는 날이다. 이른 예약 시간 때문에 급히 서둘러 나오느라 휴대폰을 깜박 잊고 말았다. 다른 볼일도 보고 가려면 오후 늦게 나 집에 돌아갈 터인데 그동안 어떤 전화가 오는지 조바심이 든다. 나야 필요하면 남의 전화를 빌려 써도 되지만 다른 이가 내게 할 말이 있어 전화를 했는데 받지 못하면 그것도 미안한 일이기 때문이다. 어느 소경이 밤길을 걸을 때 남을 위해 등불을 들고 다녔다는 이야기처럼 요즘은 휴대폰도 남을 위해서라도 가지고 다녀야 하는 세상

이니 말이다.

진료를 기다리는 동안 도서 함에서 잡지 하나를 꺼내 뒤적이노라니 "너 없이는 못 살아"라는 제목이 눈에 띄어 어느 연인들의 이야기인가 싶어 읽어보려는데 갑자기 스마트 폰 생각이 난다. 왜 갑자기 스마트 폰 생각이 났는지는 모르지만 아마도 가지고 오지 않은 잠재적 불안감 때문이 아닌가 싶다.

그런데 이야기 내용은 예감과는 달리 요즘 커피가 전 세계적으로 기호품이 되어서 너 없이는 못 살아 하는 사람들이 많다는 것인데 공감이 가는 말이다. 그런데 너 없이는 못 살아 하는 것이 어디 커피뿐이랴, 아무리 금연을 권해도 애연가들에게는 담배가 그럴 것이고 애주가들에게는 술이 그럴 것이고 예전에 주부들에게는 라디오가 그랬고 지금은 TV가 그럴 것이고 자동차도 그럴 것이고 컴퓨터도 그럴 것이고 또 사람에 따라 다른 것도 있겠지만 특히 요즘은 스마트 폰이 그럴 것 같다.

그대 없이는 못살아. 할 만큼 사랑하는 사람이 있으면 얼마나 행복할까마는 커피 이야기처럼 너 없이는 못 살아 하는 것이 사랑하는 사람이 아니고 어느 물질에 대한 것이라면 이는 중독 증상의 표현인데 중독도 지나치면 병이라서 그냥 쉽게 넘어갈 문제는 아니기에 그래서 학생들의 스마트 폰 중독에 대한 우려의 목소리가 높은가보다.

집에 돌아와 스마트 폰을 열어보니 몇 통의 전화와 문자가 와 있어 전화를 받지 못한 사실을 이야기해 주고 양해를 구하고 나니 마음이 좀 편해지는 것 같다.

2016. 7. 20

오늘같이 좋은 날에는

금년엔 봄이 오는 것을 미처 모르고 있었다. 지난해에 비해 매서운 꽃샘추위도 없었는데 탄핵 정국으로 春來不思春(춘래 불사춘)이라는 말이 한동안 오갔으니 이 말처럼 봄은 와 있어도 봄 같지를 않아 모르고 있었나 보다, 라고 생각해 보지만 어쨌든 대통령 탄핵이라는 국가적 불운과 3년 전 꼭 이때 꽃다운 생명들을 남쪽 바다에 잠재우는 비극을 초래한 세월호 인양이라는 소용돌이 속에 봄이 왔으니 내가 미처 모르고 있었다 해도 내 잘못은 아닌 듯싶다. 거기에다 북한의 핵 위협은 끊이질 않고 중국의 사드 배치 보복이라는 북풍은 잠잘 기미가 없는데 대선이라는 거센 바람까지 불고 있으니 봄이 오는 것을 모르고 있었던 것이 오히려 당연하지 않았나 하는 생각도 해 보면서 그래도 언젠가는 이런 바람들이 잦아들고 이 강산에 따뜻한 봄바람이 불어오겠지 하는 희망도 가져 본다. 그리고 이 간절한 희망은 나만이 아닌 우리 모두의 것이기에 그 기다림이 오래지 않았으면 좋겠다.

어느덧 4월이다. 무심한 사이 진달래 개나리가 피고 벚꽃이 한창이다.

이렇게 화사한 빛깔로 계절을 수놓은 봄날의 햇살은 또 새로운 아침을 시작으로 하루를 내게 선물 해주었다. 뜰을 지나는 바람 소리도 오늘 하루를 보듬어 소중하게 엮어 보라는 속삭임 같이 들린다. 해가 뜨고 지는 것은 어제나 오늘이나 다르지 않지만 내게 주어지는 오늘의 시간은 또 새로운 것이니 오늘 하루를 보내고 저녁 잠자리에 들때에는 감사 기도를 드릴 수 있도록 해야 할 터인데 그러면 어떻게 하루를 시작하는 것이 좋을까 궁리해 본다. 날씨가 화창하니 어디 나들이를 나서 볼까 아니면 스트라우스의 왈츠라도 들으며 망중한을 즐겨 볼까 라는 등, 잡다한 생각을 하면서도 손은 커튼을 젖히고 창문을 열고 있다. 조금은 차가운 바람이 얼굴을 감싸지만 그래도 상쾌한 느낌이다. 뜰 앞 잔디밭에서 먹이를 쪼던 까치가 놀라 깃털을 하나 남기고 푸드득 날아간다. 방마다 창문을 열어젖히니 TV를 보던 아내가 왜 창문을 여느냐며 청소를 하려는 것이냐고 묻기에 엉겁결에 그렇다고 대답을 하고 보니 조금 전의 황홀한 생각들이 까치처럼 창밖으로 날아가 버리고 말았다.

　노년의 시간들이 청춘의 날들처럼 연분홍빛은 아니더라도, 그리고 창밖의 봄빛처럼 곱게 엮어지던 생각들이 날아가 버리기는 했어도 내 남은 삶의 날에서 오늘도 좋은 하루가 되었으면 좋겠다는 생각까지 날아간 것은 아니니 오늘은 먼저 아내에게 봉사하는 것으로 시작하겠다 마음먹고 우선은 커피포트에 물을 끓이면서 아침 먹은 설거지부터 하였다. 설거지를 마치고 찻잔을 접시에 받혀서 아내 앞에 놓아주며 사모님 차 한 잔 드세요, 했더니 아침 연속극에 열중하던 아내가 웃으며 왜 안하던 짓을 하느냐고 하며 살다 보니 별일이란다. 설거지라야 밥그릇 국

그릇 씻고 반찬을 냉장고에 넣는 정도지만 근래에는 개수대에 설거지거리가 있으면 가끔은 내가 하고 세탁기를 돌려주기는 했었어도 오늘같이 차를 끓여준 적은 없었기에 하는 말이다. 그래서 오늘같이 좋은 날에는 연속극을 보아도 찻잔이 앞에 있어야 당신이 우아한 마님 같아 보이지 않겠느냐고 했더니 마님은 그만두고 고생이나 시키지 말란다. 내 말이 당신 고생이야 사서 하는 고생이지 누가 시켜서 하는 것이냐고 했더니 지금까지 고생시킨 사람이 누군데 그런 소리를 하느냐고 한다. 생각해 보면 사실 고생을 많이 한 사람이다. 지금 노년 세대가 고생 않고 지낸 사람이 몇이나 되겠느냐고는 해도 시집온 지 오십 년이 다 되도록 자신은 잊고 가정밖에 모르고 살아왔으니 어쩌면 그 세월이 한스러울 수도 있으련만 불평 없이 견디어 준 것이 고마운 것이다. 이제는 아이들도 나름대로 잘살고 있으니 내 몸 추스르며 자신을 위해 살아도 될 터인데 아직도 그 끈을 놓지 못하고 있기에 하는 소리다.

청소를 시작하였다. 집 안 청소도 아내의 전담이었지만 지금에는 내 몫이 되었는데 그것은 새로 집을 짓고 옮기면서 그때 이제부터 청소는 내가 하겠다고 약속하였기 때문에 그 후로는 지금까지 그 약속을 충실히 지켜오고 있다. 청소기로 밀고 걸레질까지 하고 나니 처음 생각과는 빗나간 결과는 되었어도 상쾌한 기분이다.

아내에게 점심은 나가서 먹고 벚꽃길 드라이브라도 하자고 했더니 "오늘은 내가 호강하네"하면서 청소하느라 수고했으니 점심은 내가 사주겠노라며 날마다 오늘만 같았으면 좋겠다고 한다.

2017. 4. 11

우리 집 김장하는 날

　오늘은 우리 집이 김장을 하는 날이다. 11월이 되면서부터 일찌감치 토요일인 오늘을 D데이로 정해 놓고는 집사람이 어머니의 직권으로 아이들에게 소집 명령을 내려서 모두 모이게 하여 김장을 하게 되었다.

　김장을 하려면 우선 텃밭에 있는 배추를 뽑아 와야 하는데 처음부터 아내가 세워 놓은 계획에 차질이 생길 뻔하였다. 비가 내리고 날씨가 추워진다는 예보가 있는데도 예정된 일정으로 내가 그 일을 해줄 시간이 여의치 못하였기 때문이다. 그래서 아내에게 김장하는 것을 다음 날로 미루면 어떻겠느냐고 하였더니 그럴 수 없다며 막무가내기다. 하는 수 없이 될 수 있는 대로 빨리 돌아와서 배추를 뽑아 오겠다고 약속하였는데 어쩌다 보니 늦어질 수밖에 없어서 저녁 무렵이 되어서야 돌아와 보니 헛간에 배추가 쌓여 있다. 아내가 한 것임이 틀림없음에도 누가 한 것이냐고 물으니 아무래도 당신이 늦을 것 같아서 내가 했노라는 아내의 대답이다. 미안한 마음에 좀 늦더라도 내가 할 터인데 몸도 성치 못하면서 왜 힘든 일을 하였느냐고 오히려 야단치는 것으로 변명을 대신하며 무마하려 하였지만 미안한 마음은 가시지를 않는다.

아내의 수고로 이렇게 작전 첫 단계는 겨우 차질 없이 진행되었으나 또 그다음이 문제였다. 배추를 다듬고 쪼개어 놓는 것은 아내가 한다, 할지라도 소금물에 절이는 것은 내가 해주어야 하는데 이날도 아침 일찍부터 외출을 해야만 했기 때문이다. 몇 해 전까지만 해도 의례건 아내 몫으로 알고 있었는데 이제는 아내도 몸이 성치 않고 보니 내 몫이 되었는데 내가 하려는 이유는 또 다른 하나가 있다. 그것은 김장을 너무 많이 하려는 아내의 의도를 견제하기 위해서이다. 옛날에는 어느 집이든 김칫광을 지어 커다란 독을 여러 개 묻어놓고는 김치를 늦은 봄까지 먹기 위해서 웬만하면 배추 한두 접 정도는 다 하였는데 그 당시 우리 집에서도 어머니께서는 김장이 반 양식이라고 하시며 그보다도 훨씬 더 많이 하시었다.

지금은 김치냉장고가 있어서 저장이 편리할 뿐 아니라 사철 저장도 할 수 있어서 김장을 많이 하지 않고들 있지만 그래도 아내는 욕심인지 아니면 예전에 하던 버릇인지는 몰라도 요즘도 60여 포기씩은 하고 있는데 금 년에는 좀 적게 할 요량으로 내가 돌아와서 하겠노라고 말하고는 저녁에 돌아와 보니 또 아내가 혼자서 배추를 절이고 있다. 얼른 옷을 갈아입고는 염치가 없어서 조금만 하자고는 말 못하고 힘든데 무얼 그리 많이 하느냐고 하였더니 아내는 볼멘소리로 애들도 주고 하려면 이 만큼도 안 하느냐고 하면서 내 맘이니 상관하지 말라고 하며 배추나 담아 오라고 하여서 또 내가 한판으로 지고 말았다.

드디어 오늘 D데이가 되었다. 아내는 무를 썰고 양념거리 준비하랴 아침부터 분주하다. 아이들이 올 텐데 맡기면 될 것을 왜 하느냐 하여도 들은 체도 않는다. 이미 소집 명령이 내려진 터라 아이들이 오자마자 아내는 작전 지휘관으로서 1차 임무를 부여하고 수행 명령을 내린다. 부여받은 임무에 따라 딸아이와 며느리는 양념을 만들고 나와 맏이인 아들은 절인 배추를 씻는 것이다. 우리 집은 상수도를 쓰지만, 농업용으로 지하수 시설도 되어 있어 지하수는 차갑지를 않아서 배추를 씻는 데는 그리 어렵지 않았다.

초동 작전이 완료되고 점심시간이 되자 오늘 같은 날은 냄새를 좀 풍겨야 한다며 돼지고기 수육에다 이제 막 버무려서 뿌리 부분 만 잘라낸 김치 쪽으로 보쌈해 먹으니 진수성찬이 따로 없는 훌륭한 식탁이다.

점심 식사 후 포만감에 졸음이 올 무렵 지휘관이 또 2차 임무를 부여한다. 이번에는 좀 제외 시켜 주려나 했더니 나와 딸아이에게는 배추에 양념 버무리는 가장 중요한 일을 맡기고 아들에게는 배추를 주방으로 그리고 버무린 김치 포기를 저장할 곳으로, 운반하는 일이다. 하는 수 없이 부여받은 임무대로 고무장갑을 끼고 김치를 버무리면서 부당한 임무 부여에 항변을 하니 임무를 부여받지 않은 며느리가 제가 하겠다고 하자 지휘관은 며느리에게 너희들 가지고 가서 먹을 것이나 잘 챙기라고 하면서 지난해에도 잘하였기에 금 년에도 같은 임무를 준 것이라고 하며 시키는 대로 하라고 하니 더는 명령을 거역할 수도 없다.

배추에 양념을 잘 버무려서 지휘관에게 맛을 보라고 한쪽을 떼어 주었더니 김장 양념은 젓갈이 제일인데 젓갈이 잘 삭아서 그런지 괜찮다

고 한다. 젓갈은 지난해 이때쯤 친구들과 함께 인천 소래 시장에 가서 생
새우를 사다가 집에서 소금을 적당히 넣고 한 해 동안 삭히면서 혹시라
도 잘못되지 않을까 걱정하였는데 다행히 그냥 먹어도 괜찮지만, 김장용
으로도 손색이 없단다.

이렇게 해서 금년도 우리 집 김장 작전은 성공적으로 마무리되었으나
아이들이 돌아가고 난 후 저녁이 문제였다. 작전 개시부터 마무리될 때
까지 고군분투하며 진두지휘하던 아내가 허리 어깨 팔다리 할 것 없이
아프지 않은 곳이 없다고 죽는소리를 한다. 그러기에 그런 걸 누가 하랬
느냐 고 핀잔을 주었지만, 가슴이 쩡하다. 그러니 어쩌랴? 아프다는 곳
을 두드려주고 주물러 줄 수밖에.

2014. 11. 15

지하철에서

　어떤 일로 서울엘 다녀오는 길에 지하철을 타게 되었다. 오랜만에 타는 지하철이어서 조금은 이방인처럼 낯 설은 느낌이 있었는데 그래서인지 내 눈은 나도 모르게 여기저기 숨어 있는 모습들까지도 찾아내어 살펴보게 되었다. 지하철에 오르자 나도 노약자석의 빈자리에 앉아서 목적지까지 오게 되었는데 퇴근 시간 전이여서 그런지 객차가 붐비지는 않았어도 그래도 꽤 나 많은 사람들이 타고 내렸는데 대견스러운 것은 노약자들을 위해 마련되어 있는 좌석은 비어있어도 해당 되는 이들이 아니면 앉으려 하지 않고 빈 좌석으로 남아 있다는 사실이다. 예로부터 동방예의지국이라 일컬어지며 더욱이 경로효친 사상만큼은 세계 어느 나라도 따를 수 없는 우리의 자랑으로 지금은 많이 퇴색되었다고는 하지만 그래도 아직은 공중 윤리의 차원을 넘어 예절을 전통으로 이어가려는 사회적 약속인 것으로 여겨진다. 언젠가 다리를 꼬고 옆에 앉은 젊은 여인에게 자리가 불편하니 바로 앉아 달라고 말하는 노인에게 욕설과 폭언을 하여 지하철 막말녀라는 대명사로 네티즌들의 비난을 받는 사건과 같은, 좋지 않은 일들도 가끔은 있지만 그래도 아직은 대다수의 많은 이들이 노인들이나 약자들에게 관대한 배려를 아끼지 않는다는 것이다.

스스럼없이 손잡고 서로 감싸 안고 있는 젊은 커플들의 다정한 모습이 여기저기서 보인다. 무례하다기보다는 좋아 보이기도 하다. 저들이 언제부터 어떻게 만나 연인이 되었는지는 알 수는 없지만 아마도 그들에게는 지금이 가장 행복한 시간이어서 종착역까지도 함께 가고픈 마음인지도 모르겠다.

더운 날씨 탓인지 아니면 자신의 몸매를 자랑하고파서인지 또는 유행 때문인지는 몰라도 아가씨로 보이는 이들은 짧은 바지를 입고 있는데 몇몇은 노출이 너무 심해서 민망할 정도다. 나도 젊은 세대들을 많이 이해하고 그들의 문화를 존중하고 있다고 자부를 하는 편인데도 이들의 지나친 노출은 받아들이기 어려울 만큼 거부감을 갖게 한다. 언젠가 경로당에서 TV를 보는 중에 아이돌이라 하는 걸 그룹 가수들이 배꼽을 노출 시킨 의상을 입고 노래할때에 어느 한 분이 배꼽을 내놓지 않으면 노래를 못하느냐고 하며 비난하기에 나는 그분에게 이렇게 말하였다. 우리가 살아온 세월의 사고방식이나 관념으로 생각하지 말고 변한 세월, 이 시대의 그들의 문화로 이해하고 받아들이라고, 그리고 지금 저들이 세계 각국에 한국을 알리고 국위를 선양하는 문화의 홍보 대사들이며 세계의 젊은이들이 저들이 부르는 K팝에 열광하고 있다고, 그래도 그분은 내 말에 동의하기 어렵다고 하였는데 지금 나도 그분처럼 고정관념에 매여 있는 것은 아닌지 아니면 다른 사람들도 거부감을 가질 만큼 이들의 노출이 지나친 것인지 분간이 되지를 않는다.

또 젊은이들은 너 나 할 것 없이 귀에 이어폰을 꽂고 손가락은 스마트폰 두드리기에 쉴 사이가 없다. 이제는 스마트폰이 필수품이 된 것은 물론 옆에 없으면 허전하다 못해 불안하다는 요즘 젊은이들이고 보면 당연한 행위라고 볼 수도 있겠지만 그래도 문제는 이러한 전자기기들이 세상을 바꾸고는 사람까지도 바꾸어 기계의 노예처럼 되게 하고 있으니 말이다. 들은 바로는 10대 20대들의 스마트폰의 중독 율이 인터넷보다 높다는 데 그렇다면 결국 이들은 자신이 자신을 이러한 기계 속에 가두게 되고 어우러져 살아야 하는 협동의 사회와 공동체에 적응할 수 없게 되어 고립될 수밖에 없는 불행한 결과가 되지 않을까 염려되는 것도 무리는 아닌 것 같다. 그러나 어쨌든 이들은 지금 이 어수선한 분위기 속에서도 자신들만의 시간과 공간을 즐기고 있는 것이다. 그리고 한편으로는 같은 이 시대의 이기와 문화에 이들처럼 능숙치 못하고 누리지 못하는 나 자신이 부끄럽다는 생각도 해 본다.

전철이 정차를 하고 또 사람들이 타고 내린다. 질서가 있어 좋아 보인다. 질서는 곧 사회를 편안케 하는 아름다운 제도라는 생각이 든다. 30대 중반으로 보이는 여인이 오르더니 내 옆에 서서 손잡이 기둥에 몸을 기대고는 곧바로 가방에서 책을 꺼내어 읽기 시작한다. 주변의 모든 것에는 아무 관심이 없는 듯 책 읽기에 몰두하고 있다. 책을 읽는 단아한 모습이 아름다워 보여서 표지의 제목을 훔쳐보니 법정 스님의 "버리고 떠나기"이다. 일상의 소용돌이 속에서 선뜻 버리고 떠나는 일은 새로운 삶의 출발로 이어진다는 말이 마음에 와닿는다. 그녀의 책장 넘기는 손끝을 따라 그 말뜻을 음미하는 동안 내릴 곳을 안내하는 방송을 듣고 자리에서 일어섰다.

2012. 8. 7

팔불출

경기도 안양에서 초등학교 교직에 있는 막내 딸아이가 왔다. 막내란 원래가 뉘 집에서나 귀염과 사랑을 독차지하다시피 하고 자라기 때문에 부모 마음은 언제나 그 곁에 머물러 있기 마련이라서 예외는 아니었어도 이 아이는 어려서부터 당차고 제 할 일을 똑 부러지게 하는 아이라서 그렇게 걱정은 하지 않아도 되었다. 다른 학교들보다 방학이 한 주간 정도 늦었고 년 초에 할 일이 있어서 일찍 오지 못했다며 그간 지난 일들을 장황하게 늘어놓는다. 그러면서 하는 말이 아빠가 1% 명예 전당에 오르게 되었어, 라고 한다. 그래서 그게 무슨 말이냐고 했더니 "안녕 우리 말"이라는 청소년 언어문화 캠페인 방송을 보았는데 청소년들이 욕설을 하면서도 그 의미나 뜻을 모르고 그냥 습관적으로 하고 있으며 심지어는 욕설인지 조차도 모르고 있는 경우도 많다는 이야기를 듣고는 담임 반 아이들에게 바른 말을 쓰도록 가르치면서 학생들에게 선생님이 언제 욕설이나 거친 말 하는 것을 들어 본 적 있느냐? 나도 그렇지만 우리 아버지도 오빠도 언니도 우리 가족은 욕설을 한 번도 해 본 적이 없다고 하면서도 거짓 없이 부끄럽지 않게 말할 수 있어서 좋았다는 이 야기를 동료 교사에게 하였더니 동료 교사도 그래, 김 선생은 말을 예쁘게 하지, 하더란다. 그래서 할아버지 때부터 기독교 가정이기도 하지만 어렸을 때 아버지께서 아침저녁으로 누어서 팔베개하거나 배 위에 올려놓고 전래동화와 그리고 안델센, 끄림 형제의 동화를 비롯해서 이솝 이 야기 등을 많이 들려주셨다며 그리고 욕설은 정말 한 번도 하신 적이 없다고 하면서 말도 다듬고 가꾸어야 고운 말이 된다고 늘 말씀 해 주셔서 거친 말은 하지 않게 되었다고 했더니 동료 교사 말이 누구나 내 부모는 다 훌륭하다고 해도 김 선생 아버지 같은 분은 1%도 안 된다고 하면서 명예의 전당으로 모셔야겠다고 하더란다. 그래서 명예의 전당은 몰라도 아버지 칠순 생신 때 우리 남매가 감사패를 드리면서 절을 올렸다는 이 야기도 해주었다고 한다.

내가 칠십이 되던 해 생일날 가족 친척과 함께 저녁을 먹는 자리에서, 아이들에게서 잘 키워 주어서 고맙다는 말과 존경하고 사랑한다는 내용의 감사패를 받았는데 그것이 하나의 형식이 아닌 진심이라 생각하며 내 생애의 가장 큰 선물로 여기고 있다.

물론 제 부모이니 좀 과장하거나 사실보다는 더 좋게 말을 했겠지만, 그렇게 거짓말도 아니고 또 남에게 자랑할 수 있어서 좋았다면서 아빠도 우리를 잘 키워 주셨지만 내 덕분에 아빠도 1% 아버지가 되셨다고 한다. 그래서 나도 말하기를 고맙기는 한데 그 명예의 전당이라는 데가 어디 있는지 알아야 찾아가 보지 않겠느냐면서 네 동료 교사가 누군지는 몰라도 세상에 있지도 않은 명예의 전당을 내게 마련해 주었으니 내가 그 사람을 그 명예의 전당 이사장으로 임명했다고 전하라며 웃고 말았다

요즘 컴퓨터 스마트폰이 대중화가 되고 필수품이 되면서 청소년 학생들뿐 아니라 어린아이들까지도 은어나 비속어 줄임 말들이 유행어로 많이 사용되고 있는데 물론 이런 것들은 시대적 상황으로 때가 지나면 자연 없어지기도 하고 또 어느 때는 유모어나 재치로 대화를 재미있게 엮어 가게 하며 이메일이나 문자로 의사를 교환할 때는 빠르게 전달할 수 있는 장점도 있어, 나쁘다고만 할 수는 없다, 해도 그래도 말은 가꾸어 가면서 하는 것이 훨씬 더 좋지 않겠나 하는 생각이다.

생각지도 못한 명예의 전당에 오르고 보니 자랑 아닌 자랑이 된 것 같아 좀 민망스럽긴 해도 이제 나이도 먹을 만큼 먹었고 이제 이런 정도의 이야기는 해도 크게 흉이 되지는 않을 것 같기도 하지만 나는 정말 자랑할 것이 아무것도 없는 사람이다. 아는 것이 많아 지식을 자랑할 수도 없고 가진 것이 많아 재물을 자랑할 수도 없고 품성이 좋아서 덕행을 베푼 것도 없으니 오히려 부끄러운 사람이지만 그래도 평생 동안 내 입으로 욕설은 해 보지 않았고 지금까지 남하고 크게 언성 높여 다투지 않고 살았으니 이것 하나는 자랑이라면 자랑이 될지 모르겠다.

제 자랑하는 사람은 팔불출 중에서도 팔불출이라고 하는데 내가 바로 그 팔불출이 아닌가 싶기도 하다.

2016. 1. 17

호박 예찬

담장 밑에 호박을 심고서 줄기가 타고 올라갈 수 있도록 나뭇가지를 기대어 세워 놓았더니 어느새 담장은 물론이고 닭장 지붕까지도 덮을 만큼 왕성하게 뻗쳐서 이제는 제법 여러 개의 열매를 계속 맺으며 며칠 새 주먹보다도 더 크게 자랐다. 그중에 어느 것은 반찬으로 식탁에 오르게 되고 어느 것은 그대로 늙어가게 되는데 특히 오늘같이 비가 내리는 날에는 애호박을 따다가 전을 부쳐 먹는 것도 별미라서 또 하나의 식도락이 되기도 한다.

흔히 말하기를 횡재를 했거나 행운을 얻었을 때에는 호박이 넝쿨 째 굴러들어 왔다고 하며 호박을 복의 상징으로 표현하기도 하는데 이는 아마도 푸짐한 덩치에서 오는 호감에서 비롯된 듯싶기도 하다. 그러고 보니 우리나라에서 자라는 식물의 열매 중에는 호박보다 더 큰 것도 없는 것 같다.

그런데 한 편으로는 몸집이 크고 얼굴이 예쁘지 않은 이를 가리켜 호박 같다고 하기도 하는데 이는 늙은 호박에 비유하는 말이지 애호박에 비유하는 것은 결코 아닐 것이다. 사람의 유년기와 노년기를 애와 늙은 이로 구분하는 것처럼 식물의 열매를 두고 애와 늙은 것으로 표현하는 것도 호박밖에 없는 것 같다. 더러는 늙은 오이 늙은 가지로 말하기도 하지만 애오이 애가지로 부르는 예는 흔치를 않다. 그러므로 이와같이 사람도 늙으면 겉모습이 예쁠 수가 없는데 호박인들 어찌 애호박 때와 같이 예쁠 수가 있으랴, 또 한 때는 젊은이들에게 호박에 줄 긋는다고 수박 되느냐고 하는 유행어가 있었듯이 수박을 우대하고 호박을 비하하는 말을 하기도 하는데 이는 호박의 진가를 모르는 데서 온 잘못이라 여기고 싶다. 물론 요즘 같은 한여름 복더위에는 수박이 제격이다. 냉장고에 넣어 두었다가 얼음을 넣어 화채를 만들어 먹으면 더위를 잊을 수 있을 만큼 시원하게 해주기 때문이다. 그러기에 휴가철을 맞아 피서를 떠나는 이들의 승용차 짐칸에는 아마도 수박 한 개쯤은 다 준비되어 있을 것이다. 이처럼 여름철에는 수박이 우리들의 기호 식품이 되고 있어 수박을 폄하할 생각은 전혀 없으나 궁극적 평가를 할 때에는 수박은 호박에 비교하여 결코 그 가치를 따를 수 없다고 여겨진다. 그 이유로는 첫째 수박은 노지에서 자라지만 옛부터 호박은 울타리나 지붕 위에서 고고하게 자란다. 둘째 수박은 여름 한 철이지만 호박은 이른 봄부터 늦가을까지 풍우와 찬 서리를 견디며 생을 연단한다. 셋째 수박은 두세 개의 열매를 맺지만 호박은 왕성한 생명력으로 여름부터 가을까지 많은 열매를 맺으며 끈질긴 삶의 의미를 일깨워 준다. 넷째 수박은 완숙되지 않으면 쓸모가 없으나 호박은 애호박에서부터 늙은 호박까지 모두 우리의 식탁에 오르게 된다. 다섯 번째로 수박은 장기간 동안 저장이 불가능 하나 호박은 저장이 가능하여 겨울철에도 별미로 먹을 수 있고 특히 산모의 보양식으로는 없어서는 안 되는 것이어서 딸이나 며느리의 해산을 대비하여 늘 준비해두는 식품이기도 하다. 그리고 무엇보다 중요한 것은 수박은 익을수록 속을 채우지만 호박은 속을 비워 감으로 비우는 삶의 철학을 가르쳐 주고 있다. 사람이 마음을 비우고 살 줄 알면 행복을 얻게 된다고 하는데 비우고 산다는 것이 얼마나 어려운 일인가? 그런데 호박은 그 진리를 깨우쳐 주는 것 같아 그의 가치를 더 높이 평가하고 싶다. 또 살아가면서 힘들거나 언짢은 일이 있을 때에는 호박처럼 둥글둥글 살아가라고 하여 여유를 가지고 긍정적으로 살아갈 수 있도록 일깨워 주기도 한다. 그러기에 호박은 우리 선조들로부터 복의 상징으로 사랑을 받으며 지금까지 우리와 함께 하고 있는 것이라 생각 된다.

요즈음 성형외과가 성업 중이라고 한다. 많은 직장인이나 학생들이 방학이나 휴가를 이용하여 성형 수술을 하고 있다는 이야기를 들은 적이 있는데 특히 취업을 준비하는 이들에게는 성형 수술이 필수라는 말까지 있고 보면 짐작하고도 남음이 있다. 며칠 전 어떤 일로 서울 압구정 지하철역에서부터 얼마를 걸어갔었던 일이 있는데 대로변에 다른 병원 간판은 별로 보이지 않고 성형외과 병원 간판만 여러 개 걸려 있는 것을 보았다. 사람이 아름다움을 추구하려는 마음을 결코 나쁘다고는 할 수 없으나 호박에 줄을 그어 겉만 수박처럼 보이게 하려는 인위적인 아름다움보다는 신체발부수지부모身體髮膚受之父母 라는 가르침처럼 부모로부터 받은 본래의 나로 사랑을 받고 또 그런 나를 통하여 나의 내면에 감추어진 참 아름다움을 찾아서 그 아름다움으로 살아가는 것이 진실되고 정직한 삶일 것이라는 생각도 가져 본다. 그리고 호박이 넝쿨 째 굴러오는 횡재를 기대하기보다는 비우며 살아가는 호박의 교훈을 잊지 않았으면 좋겠다는 생각도 해 본다.

2011. 7. 26

효견녀

문을 열고 나서니 독구가 꼬리를 치며 인사를 한다. 함께 나선 이른 아침, 초가을의 들길에 목줄 잡은 손이 아플 만큼 주인을 끌고 가는 놈의 걸음걸이가 빨라서 따라가기가 힘들어 숨이 차 온다. 거의 날마다 가고 오는 길이지만 제 딴에도 산책하는 것이 즐거운 모양이다.

개는 본능적으로 사람을 따르고 주인에게 순종하는 성품 때문에 예로부터 생존 명맥을 사람들과 같이해 왔다. 진돗개나 풍산개처럼 용맹하고 주인에게 충성심이 강하기로 유명한 것들도 있지만 일명 똥개라고 하는 우리나라의 토종들은 성품이 유순하고 주인을 잘 따르면서 집도 잘 지켜주기 때문에 살기 어려웠던 옛 시절에도 집집마다 한두 마리는 기르고 있었는데 이는 가축이라기보다는 식구의 하나였다는 말이 맞을 것 같다.

어렸을 때 이야기로 6.25 당시 우리 집에는 세퍼드와 토종개가 있어서 세퍼드의 이름을 핫지라 했고 토종은 답부라고 했는데 이는 주인이 나서면 언제나 발자국을 밟고 따라다닌다 해서 붙여진 이름이라고 했다. 그런데 피난을 떠날 때 부득이 답부는 남겨두고 세퍼드 만 데려가게 되었고 피난길 도중 미군을 만나 그들에게 세퍼드를 빼앗겨 버렸는데 후에 집에 돌아와 들은 이야기로는 우리가 피난을 떠난 며칠 후 우리 집에서 가까이 사시던 큰아버지께서 우리 집엘 와 보니 빈집에서 며칠을 굶은 답부가 기진하여 있기에 큰댁으로 데리고 가서 우리가 돌아오기까지 석 달을 데리고 있던 중 하루는 답부가 종일 보이지 않아서 우리 집엘 와보니 빈집 뜰에 앉아 있어 이상하게 여겼는데 다음날도 그랬고 그 다음 날 저녁 무렵 우리가 돌아왔다는 것이다. 석 달이면 우리를 잊고 큰댁을 제집으로 여겼을 만도 한데 주인이 돌아올 것을 어찌 알았으며 그때 답부가 주인을 반기는 것은 2002년 월드컵 당시 우리가 골을 넣었을 때 열광 하던 붉은 악마와도 같았던 것으로 기억된다. 그 후로 어머니께서는 답부에게 늘 미안해하셨고 주인이 돌아오고부터는 답부도 큰댁에는 가지를 않아서 큰아버지께서는 답부를 보시면 배은망덕한 놈이라고 하시곤 하였다.

그래서 그 후로 우리 집 개는 어느 놈이든 이름이 답부가 되었는데 내가 결혼을 하고 살림을 난 후로는 개 이름이 독구로 바뀌었다. 그 이유는 아내가 시집오기 전 친정에서 기르던 개 이름이 독구였기 때문에 독구 라고 불러서인데 처음에는 답부 이야기를 해주면서 우리 집 개는 족보가 어떻든 이름은 답부 라고 했어도 아내는 아내대로 친정에서 부르던 독구가 더 좋다며 밥을 주는 안주인이 그리 부르니 어쩔 수 없이 독구가 되었다.

우리 집에서 살게 되는 개는 어느 놈이든 제 명대로는 같이 사는데 십 년 넘게 기르던 놈이 죽은 후 개가 없었는데 집을 옮길 무렵 누가 강아지를 한 마리 줘서 그놈이 지금은 혈기 왕성한 중년이 되어 앞마당을 차지하고 있는데 이놈이 지금 말하는 독구다. 옛날 시골에서는 묶어놓는 법 없이 놓아 길렀는데 지금은 그럴 수 없어 사슬에 묶여있어야만 해도 이놈 역시 어찌나 주인을 따르는지 나만 보면 타오르려고 하여 성가실 때도 있고 또 비가 와서 마당이 질을 때에는 옷을 버리게 해서 미울 때가 한두 번이 아니지만 그래도 제 딴에는 주인이 좋아서 하는 짓이니 미워할 수도 없는 노릇이고, 한편 멀리 지나가는 사람만 보아도 짖어대는 놈이 한밤에도 내 발소리나 자동차 소리는 용케 알고 반기는 것을 보면 신기하기도 하다.

지난 일요일 아침에는 독구가 짖는 소리를 들어보니 청주에 있는 딸애가 오는 것을 보고 반기는 소리다. 딸은 매주 올 때마다 독구 간식을 사다주니 독구가 반길 만도 하다. 딸이 현관을 들어서면서 비닐봉지에서 통조림 같은 것을 꺼내는 데 꼭 삼치 캔 같이 보여서 우리 딸이 반찬거리를 사오니 오늘은 잘 먹을 것 같다면서 우리 딸 효녀라고 했더니 아부지 착각하지 마셔요, "이건 독구 간식이에요"하면서 다시 들고 나가려 하기에 나는 우리 딸이 효녀인 줄 알았더니 이제 보니 효녀가 아니라 효견녀라고 했더니 딸애가 막 웃는다. 옆에 있던 손자 놈이 할아버지 효견녀가 뭐예요? 하고 묻기에 할아버지에게 효도하지 않고 개 한테 효도하는 네 고모라고 했더니 우리 아부지가 그러실 줄 알았다며 과일과 빵 과자 등을 가방에서 꺼내 놓는다. 그러자 아내는 아내대로 사료만 먹여도 되는데 돈도 썼었지 별걸 다 사다 개 한테 먹인다고 핀잔을 주니까 개도 가끔을 별미를 먹어야지요, 라고 한다.

개 별미라고 하는 것을 보니 햄처럼 고기를 다진 것인데 사람이 먹어도 될 만큼 하여 이만하면 우리 집 독구 팔자도 괜찮다는 생각이다.

2019. 9. 8

3부

사노라면

길

우리 마을은 다른 시골 동네에서는 보기 어려울 만큼 넓고 곧바른 길이 동구 밖부터 마을 한복판을 가로지르고 있어 나는 평생을 이 길을 오가며 살아왔고 또 앞으로도 그럴 것이다. 원래는 왜정 때 자동차가 다니는 신작로였는데 마을을 감고 도는 하천 때문에 비가 내려 물이 불으면 차가 다닐 수 없게 됨으로, 그렇다고 다리를 놓으려면 남북으로 양쪽에 긴 다리 두 개를 놓아야 하는데 지금 같으면 야 그렇게 했겠지만, 당시 사정으로는 그것이 어려워 마을 좌편에 있는 바위산을 떨어 하천을 매립해 새길을 내게 되었고 그렇게 해서 차도로는 쓸모가 없게 되어 마을 길이 되었는데 지금은 아스팔트로 잘 포장되어 있다. 그리고 마을 우편으로도 길이 하나 더 있는데 옛날에는 경상도에서 한양으로 가려면 이 길이 지름길이었기에 밤낮으로 행인이 끊이지를 않는 대로였다는데 그래서 지금도 그쪽을 주막 뜸이라 하고 그 길을 떡 전 거리라 부르고 있다. 사실인지는 모르지만, 옛 어른의 말에 따르면 철도가 처음 놓여질

때 이 길도 후보지의 하나여서 측량까지 했었다고 했는데 만일 그 이야기대로 이 길에 철도가 놓여졌다면 지금은 고속전차가 달리고 있지 않을까 하는 상상도 해 본다. 지금은 평범한 농로에 불과 하지만 옛날 보통 사람들의 이동 방법이 걷는 것밖에 없을 때 이 길을 오고 간 수많은 나그네들의 괴나리봇짐 속에는 청운의 꿈도 있었겠지만, 대개는 나름대로의 고달픈 삶의 인생이 담겨 있었을 것이고 애환의 사연들도 짚신 발자국마다 따라다녔을 것이다. 그래서 우리나라 대중가요의 명곡 중 하나인 "나그네 설움"도 이런 연유에서 세대를 가리지 않고 대중들의 애창곡이 되지 않았나 하는 생각도 가져 본다.

고속도로가 없던 옛날에는 일반 도로도 아스팔트는커녕 대개가 자갈길이어서 자동차도 덜컹덜컹 힘들었는데 가끔 여행을 한다든지 나들이를 나서게 되면 지금 우리나라 도로가 참 잘 되어 있다. 라는 생각을 하지 않을 수 없다. 비포장도로는 볼 수 없게 되었고 고속도로는 사통팔달 고리처럼 연결되어 있으며 네비게이션이라는 길잡이가 있어 어디 든 쉽게 찾아갈 수 있으니 말이다. 그런데도 가끔은 이런 길도 가기가 어려울 때가 있기 마련이다. 지난 설 때 이야기다. 가족 여행을 다녀오자고 하여 경기도 가평 쪽으로 가게 되었는데 네비게이션에 주소를 잘못 입력하여 한참을 헤매다가 예약한 숙소를 찾아가게 되었고 또 올 때는 도로가 정체되어 예상보다는 두 시간도 넘는 늦은 시간에 집에 올 수 있었으니 말이다.

길은 사람이 다니기 위해서 만들어진 것이다. 옛날에는 그저 우마차나 다닐 수 있으면 족했을는지 모르지만 교통 수단이 발달하면서 도로가 만들어지고 철길이 놓이고 바다에는 뱃길이 그리고 하늘에는 비행기가 다니는 항로가 생기게 되었는데 어느 길이든 주어진 길로 잘 다녀야지 그 길을 벗어나면 헤매거나 자칫 사고가 나기 마련이다.

우리는 흔히 인생은 나그네라 하는데 나그네는 길을 가는 사람이다. 그리고 그 길은 쉽고 편안하게 갈 수 있는 길이 아니라는 뜻이다. 길이 아니면 가지 말라는 말처럼 이는 사람이 가야 하는 길이 따로 있다는 말인데 길을 가다 보면 가시밭길이나 자갈길 같은 고난의 길을 가야 할 때도 있겠고 때로는 힘든 고갯길을 오를 때도 있겠어도 어느 때는 평탄한 길을 만나게 되고 그러다 보면 고속도로와 같이 확 트인 인생길도 달릴 수 있게 되겠는데 그러기 위해서 우리는 지금도 쉬지 않고 길을 가고 있는 것이리라. 그렇다고 쉽게 고속도로와 같은 좋은 길에 이르려고 지름길만 찾다 보면 오히려 길을 잃고 헤매거나 막힐 수 있고 또 길이 좋으면 좋을수록 지켜야 할 교통 법규도 더 엄격해지고 사고 위험도 더 많아져서 조심해야 되니 이런 것들도 생각하면서 돌아가거나 좀 쉬면서 가는 지혜도 필요할 것 같다.

지난가을 증평 좌구산에서 모이는 충북 문인협회 행사에 참석차 꼬불꼬불 고갯길을 가다가 쉼터가 있어 차를 세우고 올라서 사방을 둘러보니 멀리 저수지와 어우러진 가을 하늘과 산이 너무 좋아 그 기억이 사진처럼 머릿속에 남아 있는데 우리가 살아가는 길에도 이런 여유가 있으면 좋겠다.

길이 좋으면 좋은대로 가기는 수월하겠어도 앞만 보고 가야 하니 주변의 아름다움을 볼 수 없는 것보다는 들길이나 산길은 조금은 불편하더라도 가노라면 새소리 바람 소리 물소리를 들을 수 있으니 이런 여유를 누리면서 살 수 있는, 내가 가는 이 좁은 길도 나쁘지는 않은 것 같다.

2017. 2. 14

세월은 강물처럼

우리 집 주방에는 오래된 벽시계가 걸려 있다. 처부모님께서 돌아가신 후 가재와 유품을 정리하면서 버리려 하는 것을 아내가 친정아버지께서 처음 사가지고 오셨을 때 그렇게도 좋아하시던 어머니 생각이 나서 가지고 왔다고 하며 주방 벽에 걸어 달라고 하여 지금까지도 어김없이 매시 마다 종을 치며 시간을 알려 주고 있다. 이렇게 우리 집에 온 지도 벌써 30여 년이 되었으니까 아내의 말로는 40년은 되었을 것이라고 한다. 디자인도 예쁘지 않고 한 달에 한두 번은 태엽을 감아주어야만 하는 불편함은 있지만 그래도 아내가 부모님의 유품으로 소중하게 여기고 있으니 고장이 나지 않는 한 언제나 지금의 제자리에 걸려 있을 것이다. 그리고 이 시계의 추가 쉬지 않고 흔들리며 똑딱거리는 동안 하 많은 세월과 수 많은 사연들을 내게 남겨 주고 가버렸듯이 또 얼마만큼의 세월과 사연들을 내게 가져다주며 앞으로 내가 사는 날 동안 내게 주어지는 시간들에게서 또 얼마만큼의 흔적들이 어떤 모습으로 남겨지게 될까? 라는 생각도 해 보게 된다. 내 인생 여정의 끝이 언제일지는 모르지만, 지금껏 살아오면서 내 여정의 뒤안길에 남겨진 흔적들을 뒤돌아보면 후회는 어리석다 하면서도 정말 남긴 것 없이 세월에 떠밀려 온 것만 같아 쓸쓸한 마음을 떨칠 수가 없다.

이제는 금 년도 보름밖에 남지 않았다. 연말이 되면 누구나가 세월의 빠름을 새삼 느끼게 되고 또 서글퍼 지게도 한다지만 금 년은 더욱 그런 것 같다. 人生如駒過隙(인생은 마치 망아지가 문틈으로 획 지나가는 것과 같다)이라 했던가? 인생의 세월은 수고와 괴로움만을 남기고 날아간다고도 하였으니 이렇듯 영원 전부터 영원을 향하여 쉬지 않고 흐르는 세월을 사람들은 강물에 비유하기도 한다.

"세월은 강물처럼" 나 젊었을 때 일기장들의 제목이다. 문득 그때의 일기가 생각나서 책장 서랍 깊숙이 넣어두었던 것들을 꺼내 본다. 표지는 낡고 헤졌지만. 그때는 왜 일기장의 표지에다 이 제목을 붙였는지 또 그 의미가 무엇인지도 미처 생각하지 못했는데 수십여 년이 지난 이제 와서 그 의미가 내게 이토록 절실할 줄이야 그때에는 짐작이나 했겠는가?

언제부터 불려진 노래인지는 몰라도 고장 난 벽시계는 멈추었는데 저 세월은 고장도 없네, 라는 유행가가 노년 세대에게서 애창되고 있다. 시계가 멈추면 세월도 따라서 멈춘다면야 어느 누가 시계가 고장 나기를 바라지 않고 누구인들 세월을 잡고 싶지 않은 사람이 있을까, 만은 세월은 어느 무엇으로도 그 흐르는 것을 막을 수 없기에 지나간 세월 그리워하고 지나는 세월 아쉬워하며 오는 세월에 희망을 가지고 살아가는 것이 인생이라는 생각도 가져 본다. 더욱이 세월은 살아온 나이 숫자 만큼이나 그 속도가 빠르다고 말들 하는데 이제 또 한 해에 있었던 많은 일들이 또 그렇게 아쉬움으로 남게 되겠지만 훗날의 좋은 추억이기를 소망해본다.

지난해 이맘때 새 달력을 머리맡 벽에 걸면서 또 새로운 시간과 삶이 함께 있음을 생각하며 내게 주어질 새로운 한 해에 대한 내 나름대로의 꿈과 설계도 함께 걸었는데 금 년 한 해 동안 달력이 한 장 한 장 넘겨져 갈 때마다 그 꿈도 함께 넘겨져 간 것은 아닌가 하고 되돌아보게 된다. 금 년 한 해 동안 어쩌면 아내의 얼굴만큼이나 달력을 바라보면서 메모도 하고 낙서도 하면서 일정을 계획하고 약속도 잊지 않을 수 있어서 내 개인 비서와도 같았는데 달이 바뀔 때마다 생각 없이 넘겨 버리면서 거기에 써넣었던 내 삶의 조각들 그리고 내가 간직하고 있어야 할 소중한 삶의 부분들도 함께 버린 것만 같은 생각이 이제 미련으로 남게 되는 것도 어쩔 수는 없지만 그래도 나름대로의 보람을 생각하며 위안도 가져 본다. 우선은 소망했던 대로 가정과 주변에 큰 불행 없이 평안하였기에 무엇보다 감사하고 다음은 색소폰을 배우기 시작한 것인데 이제는 찬송가와 애창곡 몇 곡은 그런대로 연주할 수 있어서 친구가 되어 주니 이는 정말 잘했다는 생각이다. 그리고 또 글을 쓰면서 지역 신문과 가끔은 월간 문학지 사들로부터 청탁받은 원고도 빠지지 않고 기고할 수 있었던 것과 지역 노인 대학에서 봉사하며 강의를 한 것도 금 년 한 해의 보람으로 남을 수 있어 스스로에게도 고마운 마음이다.

이제 금 년 한 해 동안도 이웃들로부터 받은 그 많은 사랑과 더불어 살아가는 은혜를 생각하면서 한 해를 정리해 보는 마음의 여유를 찾아 보아야겠다. 그리고 이 땅의 평화를 기원하며 가는 이 한 해 에게도 손 흔들어 보내 주리라.

2012. 12. 15

나의 일을 찾아서

아침을 먹으며 아내에게 노인 대학 강의가 있어서 나가봐야겠다고 하였더니 뭐가 바빠서 그렇게 매일 나가느냐고 하며 그렇게 나다니면 돈이라도 벌어오든지 해야지 그렇지도 않으면서 남이 알면 큰돈 벌어오는 줄 알겠다며 투정 아닌 투정을 한다. 그도 그럴 것이 돈 버는 것과는 젊어서도 거리가 먼 사람이었는데 더구나 이제 와서 돈을 벌기는커녕 함부로 쓰고 다니지만 않아도 좋겠다는 것을 누구보다도 잘 아는 아내로선 잘 다녀오라는 말을 그렇게 대신하는 것이다. 아내 말대로 뭐가 그렇게 바쁜 것은 아니지만 쓸데없이 다니는 것도 아니니 그래도 늙어서(아직 늙었다고 생각하지는 않지만) 할 일 없이 사는 것보다는 나도 할 일이 있으니 행복하다는 생각에서 아내의 대답이 싫지는 않다.

사람은 누구나 무엇이든 일을 해야 하고 또 그렇게 일을 해야 하는 것이 살아가는 기본 원리인 것이다. 구약 성서의 창세기에 따르면 아담과 하와가 사탄의 유혹으로 하나님만의 절대 영역인 선악을 분별할 수 있는 열매를 먹음으로 죄를 범하게 되고 그 벌로 아담은 이마에 땀을 흘리며 수고함으로 살아야 했고 하와는 출산의 고통을 안아야 했다. 여기에서 아담은 히브리어로 사람을 뜻하며 인류를 지칭하는 말이다. 그러므로 사람은 누구나 아담의 후예로서 원죄를 짊어지고 태어났기에 일의 수고를 해야 하는 것이 창조주의 뜻을 따르는 것이며 본연의 숙명이고 의무이기도 한 것이다. 그러기에 어찌 생각하면 원죄에 따른 형벌이 너무 가혹하다고 할 수 있겠어도 그러나 한 편 자신에게 주어진 일에 충실할 수 있다는 것은 삶의 가치를 이루는 것이기에 오히려 축복이라는 생각도 해 본다.

일이라고 하면 그 영역이나 뜻이 광범위하여 말로 분명히 표현하기는 어려워도 어느 무엇을 이루기 위한 육체적 정신적 노동이라 하겠어도 직업이란 대개가 생계를 위한 수단의 노동으로 봐도 괜찮을 것 같다. 그러기에 세상에는 헤아릴 수 없는 많은 직업이 있다. 그리고 대부분의 사람들은 그 직업이 싫든 좋든 그 하는 일이 자신의 인생이라 여기며 살아가고 있는 것이 아닌가 싶다. 어느 누구는 자의든 타의든 자신이 선택하여 하고 있는 일에 만족하고 행복을 느끼는가 하면 누구는 먹고살기 위해 마지 못 해, 하고 있다고 불평하기도 하겠지만 또 어떤 이는 일을 하고 싶어도 할 일을 찾지 못해 애타는 이들도 많다. 그런 면에서 본다면 우리 사회가 청년 실업을 고민하고 또 백세 시대라 하여 늘어나는 노인들의 일자리 문제를 걱정하지 않을 수 없는 것은 국가의 큰 부담의 하나이기도 한데 이보다 더 큰 문제는 할 일이 있는데도 하지 않으려는 사람들이 점점 더 많아진다는 것이다. 타의 몸체에 붙어 살아가는 벌레를 기생충이라 하듯이 자립하지 않고 부모에게 기생하려는 이들이 늘어난다, 하여 캥거루족이란 신조어까지 나왔으니 말이다.

우리는 흔히 어떤 일에 열중하는 사람, 즉 공부에 열중하는 사람을 공부벌레, 책을 많이 읽는 사람을 책벌레라 하고 일에 열중하는 사람을 가리켜 일벌레라고 하는데 뜻밖으로 일벌레의 대명사인 개미나 꿀벌도 먹을 것이 많으면 일을 하지 않는다는 것이다. 언젠가 들은 얘기다. 어느 양봉업자가 호주를 갔는데 그곳의 광활한 대지에 꽃이 널려 있어도 아무도 벌을 키우지 않아 양봉을 하면 돈을 벌겠다 싶어 꿀벌을 놓았더니 처음 며칠은 생각대로 꿀을 많이 물어왔는데 그 후로는 꿀을 물어오지 않아 알아보았더니 벌들도 언제든지 필요한 양식을 구할 수 있는 것을 알고는 일을 하지 않더라는 얘기다.

살기 어려웠던 시절에는 일이란 생존의 문제였기에 도둑질 빼고는 무슨 일이든 하라고 하였는데 지금도 대부분의 사람들은 그렇게 살아가고 있는데 어느 누가 경제적 여유도 있어 생존의 문제가 없는데 왜 무엇 때문에 구태여 일을 하느냐고 하면 할 말은 없어도 무위가 타성에 젖어버리게 되면 이 또한 불행이라 여겨지기도 하는데 한편으론 그렇게 여유롭지 못한 나의 궤변이라 비난받을 수 있다는 생각도 든다.

학생은 공부하는 것이 그들의 일이고 군인은 나라를 지키는 것이 그들의 일이듯이 나도 노인들에게 조금의 봉사라도 하며 노년을 돕는 일을 비롯해서 무슨 일이든 하고 싶은 욕심이 있다. 부지런한 일꾼은 없는 일도 찾아 하고 게으른 일꾼은 있는 일도 하지 않는다고 하듯이 그래서 오늘도 나는 나에게 좋은 일꾼이 되려고 나의 일을 찾아 하루를 시작하려는 것이다.

2016. 6. 21

내 생애 최고의 선물

내 책상머리 맡에는 언제나 아내와 함께 찍은 사진과 막내가 수를 놓아 액자로 만들어 준 "기도하는 손이 걸려 있다. 그런데 오늘부터는 또 다른 하나가 놓여 있게 되었는데 그것은 나의 고희 생일을 맞아 아이들 삼 남매가 내게 준 감사패이다. 원래의 제날 생일은 며칠 남았지만, 아이들이 함께 시간을 낼 수 있는 날을 택하여 가까운 식당에서 저녁 식사를 하게 된 것이다. 당초에는 어디 여행이라도 보내줄 요량이었던 것 같았으나 나이 칠십이 무어 그리 대수냐고 내가 극구 반대하며 정 그러면 큰댁 어른들 모시고 저녁 식사나 함께하자는 내 뜻을 아이들이 받아들여 그렇게 한 것이다. 물론 조그만 생일 케이크가 준비되어 촛불 7개가 켜지고 다섯 살배기 손자가 축하 송을 부르고 또 촛불도 끄면서 의례적인 절차가 끝났음으로 형님들께 식사를 하시도록 권하려는 순간 큰 애가 일어나 우리 삼 남매 마음을 담은 감사패를 드리겠다고 하며 내 앞으로 와서 패를 들고 읽는다.

"하늘 아래 생명을 주시어 태어나게 하시고 앞서 세상사는 지혜를 일깨워 주시고 한결같은 사랑과 정성으로 가족을 늘 아껴주신 당신의 위대한 사랑과 은혜에 깊이 감사드립니다. 그 어떤 것으로도 주신 사랑을 갚을 수는 없지만 물려주신 믿음의 유산을 가슴에 되새기며 늦게나마 깨달은 어버이의 사랑 앞에 정성을 모아 조금씩이나마 보답해 나가겠습니다. 아버지 평생을 사랑합니다. 그리고 참 감사합니다. 존경합니다"

자리를 함께한 모든 이들이 박수를 쳐주며 축하해 주었지만 정작 나의 뇌리에는 고마움과 회한이 교차 되면서 순간 눈시울이 뜨거워지며 마음이 저려온 것이다. 나도 부모님께 받은 사랑을 자식들의 아비가 되어 그 사랑을 그들에게 나누어 주었는데 정작 자식으로는 부모님께 효도하지 못한 죄스러움이 순간 나를 조여 왔기 때문이다.

세상의 모든 어버이들이 자식과 가정을 위해 헌신하고 희생하며 사는 것은 다를 바 없는 것이지만 그에 대한 보답이나 대가를 바라지 않는 것 또한 마찬가지일 것이다. 나 역시 아이들을 키우면서 경제적으로 여유가 없어 뒷바라지를 잘 해주지도 못하였는데 그래도 잘 자라서 제 몫 감당하고 살아가는 것이 고마울 뿐이지만 이 선물을 받는 것이 아버지 어머니께 너무 죄스러운 마음이다. 부모, 자식은 느낌으로 서로를 안다고는 해도 당신들 살아 계신 생전에 고맙습니다, 감사합니다 란, 말 한마디 제대로 하지 못한 것이 이 시간 내 마음에 이처럼 큰 회한이 될 줄을 왜 미처 생각지 못했을까? 어쨌든 오늘 나는 내 생애의 최고의 선물을 받았다. 전에도 몇 개의 패를 받아 본 적이 있지만, 오늘 이처럼 나를 감격케 하고 보람을 느끼게 한 적이 없다. 또 어느 누가 자식들에게 감사패를 받았다는 이야기도 들어보지 못했다. 그런데 자식들이 나를 사랑한다고 했다. 그리고 존경한다고도 했다. 그러니 내가 어찌 감격하지 않고 보람을 느끼지 않을 수 있으랴, 조금은 과장 되었을지 모르나 나는 이 패에 담긴 말들이 진심어린 자식들의 마음이라고 믿기 때문이다. 설령 진심이 아닌 형식이라 할지라도 그렇게 믿고 싶지 않다. 부모가 자녀를 양육하면서 가장 큰 염려는 자라면서 그릇 되지 않을까 하는 것이고 가장 큰 즐거움은 제 앞가림 잘하며 사는 것을 보는 것인데 나는 이 둘을 다 얻었으니 욕심으로 쳐도 모든 것을 다 얻은 셈이다. 경우에 따라서는 마음을 담은 감사의 표시보다도 의례적이나 관례에 따라 주는 감사패도 있어 이를 기념품으로 간직할 수는 있어도 볼 때마다 기쁨과 보람을 얻을 수 있는 감사패는 그리 많지 않은듯하여 오늘 자식들로부터 받은 이 패는 지난날의 나의 삶을 보람으로 일깨워 주는 내 생애 최고의 선물로서 언제나 내게 힘을 주고 나를 지켜 줄 것이다.

계절의 여왕 오월이다. 신록이 절정에 이르려면 조금은 좀 더 기다려야 하지만 그래도 모든 생명들이 환희의 찬가를 합창하기에는 충분한 계절이다. 하늘도 싱그럽고 땅도 싱그럽고 마음도 싱그럽다.

2011. 5. 3

떡국으로 먹는 나이

선달도 며칠 남지 않았다. 하얀 먼빛 쪽 달이 창밖에 홀로 서 있는 소나무에 걸려있어 아침이 더 차가운 것 같기는 해도 이내 햇볕이 누리를 채우니 쪽 달은 가지 속으로 숨어버리고 만다. 그저께 매서운 추위가 지나갔는데도 이제는 남풍이겠지, 라고 생각하면 봄기운이 태동하는 소리가 들리는 것 같아 이젠 겨울도 다 가지 않았나 싶다.

설날은 대체로 입춘을 전후로 해서 오게 마련인데 지난해 가을엔 윤달이 있어서 금 년 설은 좀 늦은 감이 있긴 해도 날씨도 그렇게 춥지를 않아 포근한 명절이 될 것 같다. 누가 뭐라 해도 설은 우리나라 최대의 명절인데도 한 때는 이중과세를 한다, 하여 구정을 공휴일에서 제한 적도 있었는데 민족 정서가 가득 담긴 설날의 역사와 전통은 누구도 거역할 수 없기에 그래서 모두가 고향을 찾는가 보다.

서양에서는 생일을 맞아야 한 살을 더하게 된다는데 우리나라는 설을 기준으로 해서 한 살을 더 먹게 되니 다음 주 설날이면 떡국을 한 그

롯 먹으면서 나도 나이를 한 살 더하게 될 것이다.

지난해 설날 손자가 왜 설날에는 떡국을 먹는 거냐고 묻기에 현문우답인지는 몰라도 떡국을 먹어야 나이도 먹는 것이고 그래야 어른이 되는 것이라고만 대답했는데 떡국도 요즘처럼 아무 때나 먹고 싶을 때 먹을 수 있는 것이 아니고 보릿고개라는 가슴 아픈 말이 나올 만큼 먹거리를 걱정하며 살아야 했던 선조들은 그래도 설날만은 세배 오는 손님을 비롯해서 이웃과 나누어 먹기 위해서 떡국을 끓였으며 그래서 명절을 즐길 수 있었을 것이란 이야기는 좀 더 자라서 이해할 때쯤이면 해주어야겠다고 생각하면서 그렇게 어렵게 먹는 떡국처럼 한 살을 더하기 위해 살아온 날들도 그만큼 힘겨웠기에 설날 떡국을 먹을 땐 나이를 한 살 더 먹은들 어떠랴, 싶기도 했을 것이란 생각도 들었다.

내가 어렸을 적엔 마을 어른을 만나면 때나 시를 가리지 않고 진지 잡수셨어요? 하면서 고개 숙여 인사를 했는데 이렇듯 먹고 사는 문제가 삶의 모든 수단과 방법의 전부였던 때를 이 시대 아이들이 상상이나 할 수 있겠는가 말이다.

어제 아내가 설 준비를 한다고 하여 시장에 들렀는데 과일, 고기 생선 채소 등 모두가 넘쳐나고 있는 것을 보면서 보기만 해도 배가 부르다, 라는 말을 실감했는데 나도 그 시대를 살아왔으니 오늘 이 땅에 사는 이들은 정말 복을 많이 누리고 사는 사람들이라는 것을 새삼 느끼게 된다.

먹을수록 많아지는 것이 무엇이냐? 라는 수수께끼처럼 왜 나이는 먹을수록 많아지느냐? 라고 하는 것도 天增歲月人增壽(하늘이 세월을 더하니 사람의 나이도 더한다)란 말처럼 설레는 마음으로 기다리던 어렸을 때 설과는 달리 또 나이를 하나 더 한다는 서글픈(?) 생각이 앞서는 것을 어쩌지 못하는 것 같다. 그러나 어쩌랴, 나무도 세월에 따라 나이테를 하나씩 더 하면서 늙어가고 이 땅의 모든 살아 있는 것들이 세월 따라 흥망성쇠를 이어 가는 것이 섭리이고 순리이기에 소리 없는 세월도 날이 가고 달이 가면서 역사가 되어 쌓이면서도 잊혀가는 것이니 그렇게 생각하면 나 하나의 존재라야 변변치 못한 것이니 나이를 한 살 더한들 어쩌며 조금 더 늙어진들 어쩌랴, 라는 생각을 하면서도 그렇게 억지라도 부려서 조금의 위안을 가지고 싶어 하는 것은 그래도 살아 있는 동안에는 사람 다워야 하지 않겠는가, 라는 생각을 하게 되기 때문인데 그럴 때면 마음이 다시 무거워지는 것 또한 어쩔 수가 없다.

내가 사람 다워야 한다는 것은 교육적 차원의 가르침이나 윤리 도덕의 기준을 다 따르지는 못하고 산다 할지라도 적어도 기본만은 잃지 않고 남에게 해가 되지 않아 원망 없는 사람으로 살았으면 하는 소망과 서로 돕고 도움을 받으며 어우러져 살아가는 원리 속에서 도움을 받는 대상의 자리에 설 수밖에 없는 때가 될지라도 내 노년의 삶을 통하여 즐거움을 줄 수 있는 사람이 되었으면 좋겠다는 말이다. 아직은 내가 이렇게 자신의 소망을 조금씩은 지켜가고 있으나 언제 잃을까 하는 두려움에서는 내가 나이를 먹는다는 것이 결코 유쾌할 수는 없어도 어쩔 수 없이 이번 설에도 떡국은 또 먹어야 될 것 같다.

2015. 2. 14

사노라면

아직 어둠이 채 가시지 않은 시간, 개가 짖는 소리에 현관문을 열고 나서니 우유 배달을 하는 아줌마가 상냥하게 인사를 건넨다.

아줌마는 일주일에 세 번씩 언제나 이 시간이면 작은 승용차를 몰고 다니며 우유를 배달해 주는데 항상 웃는 얼굴이다. 고달플 때도 있겠지만 몸에 밴 듯 그의 상냥한 모습에서 사람 사는 모습이 보이고 사람 냄새가 난다. 어디 이 아줌마뿐 이겠는가? 사람 사는 것이 그렇듯 이 땅에 사는 대부분의 사람들이 그렇게 살아가고 있기에 그들이 누리는 기쁨과 괴로움을 나도 누리고 내가 누리는 기쁨과 괴로움을 그들도 누리며 어우러져 사는 것이 그들의 삶이고 또한 나의 삶이란 생각이다.

사람에게서 사람 냄새나는 것이야 당연한 것이지만 가끔은 그렇지 못한 경우도 있으니 그래서 나도 내가 만나는 이들에게 사람 냄새가 나는 사람이었으면 좋겠다는 생각도 해 본다.

사노라면 즐거울 때보다는 괴로울 때가 더 많고 평안할 때보다는 걱정이나 근심에 쌓일 때가 더 많겠어도 그래도 인생은 살만한 것이라 여겨지며 이것이 바로 우리네 삶이 아닌가 싶다. 그래서 사람들은 단순하고 평범한 이러한 이치를 알고 있기에 가정을 위해 일하고 가족을 위해 일하고 희생하면서도 서로를 의지하고 서로를 위로하고 보듬으면서 그렇게들 살아가고 있는 것이며 이러한 삶이 곧 자신을 소중하게 지키고 사랑하는 것이리라.

이십 년도 더 지난 그때, 맏이와 둘째가 대학생이고 막내가 고등학교에 입학 하던 해, 아내가 임파선 암 진단을 받았다. 당시 의사의 말이 임파선 암은 다른 암에 비하여 치료가 잘 될 수도 있지만 반대로 진행 속도도 빠르기 때문에 악화 될 수도 있어 결과는 50대 50으로 보고 있으나 좋은 쪽으로 생각하자고 하였다. 결과가 좋지 않았을 때를 대비하라는 말인지, 위로하고자 한 말인지는 몰라도 그때 진료실을 나서는 아내의 모습은 의외로 태연하였다. 체념을 한 것인지 속으로 삭이는 것인지 오히려 내가 충격을 감추기 어려웠는데 견디기 힘든 항암 치료를 받으며 완치되어 갈 무렵 아내에게 물었다. 어떻게 암 진단을 받고도 그렇게 태연할 수 있었느냐고, 대답은 간단했다. 나, 죽는다는 생각 하나도 안했어, 하나님이 계시고 당신하고 애들이 있는데 내가 왜 죽어? 하기에 그 믿음과 신념이 당신을 살렸어, 했더니 그런가 하고 웃었다.

지금은 마음 편하게 할 수 있는 이 이야기가 우리 부부에게는 가장 큰 시련이었지만 나무에 바람 잘 날 없듯이 크고 작은 어려움은 늘 있기 마련이고 그렇게 살다 보니 이제 여기까지 오게 되었고 지금 누리는 평안은 축복이라 여기며 감사하고 있다.

어제도 두 달에 한 번씩 아내가 정기 진료를 받고 약 처방을 받는 날이라서 병원엘 다녀왔다. 운전을 하면서 아내에게 말하기를 당신은 기사가 있어서 좋겠다며 이렇게 병원에 다니며 날 고생 시키느니 죽는 것이 좋지 않겠느냐고 농을 걸었더니 내가 당신한테 와서 고생한 게 얼만데 왜 죽느냐고 펄쩍 뛰면서 고생한 것 갚으려면 아직도 기사 노릇으로는 어림도 없다면서 지금 죽으면 너무 억울해서 죽을 마음이 손톱만큼도 없단다. 그러면서 내가 없으면 당신이 불쌍할 텐데 그런 소리를 하느냐고 하기에 속으로는 그 말을 인정하고도 남지만 그래도 내 걱정보다는 그 용기로 씩씩하게 잘살아 보라고 하였더니 그러지 않아도 그럴 생각이란다.

지금도 마음은 처녀 때와 같은데 왜 늙었다 하느냐고 아무리 투정을 해도 이제는 여인이라기보다는 칠십을 넘긴 시골 노인으로 몸도 성치 못하고 평생을 집밖에 모르고 살아왔어도 불평 없이 삶을 사랑하며 살아주는 것이 고맙다. 아마도 그런 마음이 나보다도 자신을 지켜주고 있는지도 모른다.

사람마다 형편이나 처지는 다르기에, 그리고 가치관이나 이상에 따라 추구하는 목적이나 방법에 따라 살아가는 모습은 각각 다르다 해도 찾아가는 길은 하나이니 앞뒷집 모양은 달라도 사람 사는 것은 거기가 거기고 사는 것이 다 그렇고 그런 것이라고 하니 그러고 보면 우리네 보통 사람들이 살아가는 모습이나 방법이 행복으로 이어지는 지름길이 아닌가 싶다.

2015. 10. 27

새해 첫날의 일기

또 새로운 한 해가 시작이다. 아침 일찍 산에 올라 주민이 함께하는 해맞이를 하면서 모든 사람의 소망이 그러하듯이 나도 가족들의 건강을 비롯하여 한 해 동안의 안녕을 기원하였다. 그리고 만나는 사람마다 덕담을 나누며 새해 복 많이 받으라고 서로 축복해 주기도 하였다. 밝혀든 촛불에는 한 해의 염원이 담겼고 동녘을 바라보는 눈빛에는 희망이 가득 차 있다. 추위가 매서운 아침이었으나 모두가 즐겁고 행복한 얼굴들이다. 해가 떠오르자 환호 소리가 터지고 어떤 이는 박수를 치고 어떤 이들은 부둥켜안고 뛰기도 한다. 산을 내려오는 발걸음이 가볍다. 그리고 목청껏 소리도 질러 본다.

그런데 불과 몇 시간 되지 않아 충격적인 소식이 전해진다. 청주에 사는 초등학교 동창 친구가 부인과 함께 해맞이를 하기 위해 산에 오르다가 갑자기 뇌졸증을 일으켜 사망했다는 것이다. 너무나 갑작스럽고 뜻밖의 일이라서 한동안 천정만 바라보고 있었다. 늙으면 친구의 죽음이 가장 마음을 아프게 한다는데, 그 친구 역시 나와 똑같이 해맞이를 하면서 가족의 건강과 안녕을 빌려고 하였겠지만, 오히려 자신의 죽음은 물론 가족에게 큰 불행을 준 결과가 되었으니 인생이란 정말 한 치 앞도 알 수 없는 그리고 아침 안개와 같다는 말이 실감 된다.

우리가 살아가는 삶 속에는 아픈 날들이 있기 마련이다. 내게는 언제부터 그 아픔이 시작되었을까? 판도라 상자가 언제 내게 열렸는지 알 수는 없어도 이제는 하나하나 다시 담을 수 있어야 하지 않겠는가? 생각하며 뒤돌아 본다.

언제 내게 70여 년이란 세월이 있었던가? 그 세월 동안 나는 무엇을 하였나? 하니 후회가 앞선다. 내게 있는 것이 나이 먹은 것밖에 없다면 그리고 또 나밖에 모르고 살아왔다면 분명 잘못 살아온 것이다. 강물은 바다로 가기 위해 쉬지 않고 흐르지만 내게 왔던 세월은 흘러 어디로 갔을까? 그리고 그 흔적들을 어디서 다시 찾을 수 있을까? 주름진 얼굴이 그 흔적이며 이제는 어디를 가나 할아버지 혹은 어르신으로 불려지는 호칭이 그 흔적을 대신하여 주는 것인가? 아니면 이제는 중년이 되어가는 아이들의 모습이 그 세월의 흔적일까? 지난 세월 속에서 나의 아름다운 모습을 찾고 싶다. 열심히 살아왔다고, 다른 이의 마음 아프게 하지 않으려고 노력하며 살아왔노라고 나를 위로해 보기도 하지만 자랑할 것도 없으니 부끄러워해야 할 것 같다. 세월이 나를 속이더라도 슬퍼하거나 노여워하지 말라 하지만 오히려 내가 내게 왔던 시간들을 속이고 그 시간들이 슬퍼하며 내 곁을 지나가 버리게 한 것은 아닐까? 하는 생각도 해 본다.

그러나, 그보다는 그래도 지금까지 나를 건강하게 지켜준 지난날들이었기에 소중하게 기억하고 싶다. 그리고 무엇보다도 흰머리가 되도록 그 많은 어려운 날들을 함께 해준 아내와 그 모습 속에 감추어진 세월에도 감사하고 싶다. 또 속 썩이지 않고 잘 성장하여 이제는 제 앞 감당하며 살고 있는 아이들에게도 고마워하며 가장 큰 보람과 자랑으로 여기고 싶다.

그리고 이제는 조금만 더 욕심을 가져 보아야겠다 이것은 꿈도 아니고 이상도 아니다. 다만 모든 이들이 그러 하듯이 나도 이웃과 내 주변의 이들에게 조금이라도 도움이 될 수 있는 한 해가 되도록 하고 싶은 것이다.

모든 사람들은 희망을 가지고 있다. 판도라 상자 맨 나중에 남아 있었던 것이 희망이었기 때문이다. 그러기에 사람들은 그 많은 어려움과 불행을 겪으면서도 그 희망으로 살아가는 것이라 믿는다. 희망은 분명 우리가 살아가는 힘이고 생명이다. 희망이 없으면 기쁨도 즐거움도 삶의 의미도 없기 때문이다. 지금은 어려워도 내일은 잘 되겠지, 하는 막연한 기대나 요행이 아닌, 의지와 용기로 그 희망을 이루어가는 그리고 또 그 희망으로 새로운 희망을 만들어가는 한 해가 되었으면 한다.

우리 생애에 있어 가장 아름다운 날은 아직 오지 않은 날들 중에 있다고 한다. 그 아름다운 날이 내 생애의 마지막 날이 되기를 소망하지만, 그리고 그 아름다운 날을 기다리는 희망은 결코 잃지 말아야겠다.

친구의 명복을 빈다.

2010. 1. 1

세월은 흘러도 나 여기에 있으니

　이제 이 해도 나흘밖에 남지 않았다. 연말이 되면 새해 달력을 서너 개 정도는 준비하기 마련이지만 아직 하나도 바꾸어 걸지를 않았다. 달력이라면 한 해의 날짜와 요일, 절기 등을 열두 달로 나누어 필요에 따라 보고 알 수 있도록 해주는 것인데 언제부터인지 새 달력은 표지에 가는 해 12월로 시작하여 13월력으로 되어 있다. 지난 시간 속에 있었던 좋지 않은 것들을 빨리 잊고 새 마음으로 한 해를 정리하여 새해를 맞으라는 뜻인지 아니면 새 달력을 일찍 걸게 하여 광고효과를 극대화하기 위한 수단인지는 모르겠지만 어쨌든 나는 아직 새 달력으로 바꾸어 걸지 않고 있는데 그 이유는 금 년 한 해의 세월을 하루라도 그대로 아끼고 싶은 마음에서이다. 달력을 바꾸지 않고 그대로 둔다고 하여 내게 주어진 시간이 그대로 머무는 것은 아니지만 그래도 또 한 해의 세월을 보내야 하는 아쉬움의 미련을 하루라도 더 잡고 싶은 마음에서인지도 모르겠다. 이렇듯 하루하루를 앗아가는 세월이라는 허공 속에 하나하나 넘어가던 달력이 이제는 이 해의 며칠만의 시간만 남긴 채 앞서간 날들을 힘겹게 등에 지고 남은 몇 시간의 공간을 채워가며 나와의 이별을 고하려 하고 있다. 나 같이 지극히 평범한 사람에게야 한 해 동안 무엇이 그리 대수로운 일이 있었겠느냐 라고도 하겠지만 그래도 세월은 어느 누구에게도 그냥 스쳐가는 법이 없기에 저 달력의 시간 속에는 내게도 나름대로의 사연들이 있어 저렇게 무거운 짐을 지고 있는 것이다. 그래서 이렇듯 또 한 해가 가노라면 세월의 흐름 속에서 그 세월의 한 조각이라도 잡을 수 있었으면 하는 미련의 마음도 가져보지만, 그러나 그 누구도 잡지 못하고 후회하며 뒤따라 달려가기만 하는 것은 그 세월이 너무 빠름인지 아니면 잡을 수 있는 매듭도 남기지 않은 그 세월의 매정함 때문인지는 알 수 없지만, 흔히 말하는 것처럼 세월은 야속 타 하더라도 내 인생이 세월을 쫓아가다 가끔은 주저앉아 쉬었다, 라도 갈 수 있으면 좋으련만 그렇지도 못한 것이 인생이고 보면 세월의 어느 길목에서 미아가 된 것처럼 헤맬 수밖에 없는 것도 어쩌면 삶이라는 의미 속에 감추어진 또 하나의 이율배반인지도 모르겠다.

며칠 전 노인대학의 수료식에 축하 화분이라도 하나 놓아 드리기 위해 전날 보은엘 가는데 눈이 많이 내리기 시작하였다. 생각 같아서는 전에 가끔 다니던 곳으로 가려고 했으나 눈이 많이 쌓이면 돌아갈 길이 걱정되었기에 가까운 꽃집을 찾아가게 되었다. 때가 때인지라 화사한 난을 고른 다음 장식하고 리본을 다는 사이, 처음 간 가계라서 장사 한지 얼마나 되었느냐고 물어보았더니 마흔을 조금 넘은 듯한 여주인은 칠팔 년은 되었다고 하면서 어르신 세월이 참 빠르지요? 벌써 그렇게 되었네요, 라고 한다. 그러기에 내가 말하기를 아직 한창 젊은 분도 세월이 빠르다고 생각하느냐고 하면서 세월의 속도는 나이에 비례한다고 하지 않느냐며 나의 세월에 비하면 그래도 얼마 되지 않았으니 아직은 그렇게 빠르질 않을 것이라며 정말 세월이 빠르다고 느껴질 그때 후회하지 않도록 열심히 사는 것밖에는 다른 방법이 없다고 하니 지금도 후회가 많은데 어떻게 후회하지 않을 수 있겠느냐고 한다. 그래서 물론 후회가 없을 수는 없겠지만 그래도 최선을 다한 삶의 후회는 결코 마음을 아프게 하지는 않을 것이라고 말해주었다. 세월이 지나고 보면 어떤 모습으로든 흔적을 남기게 마련인데 이마의 주름은 어쩔 수 없다 하더라도 내가 이제껏 살아온 세월의 흔적을 돌아다보면 온통 부끄러운 것들이라는 마음의 짐도 있지만, 그래도 나 스스로 위로가 되는 것은 지금도 내가 이렇게 존재할 수 있도록 하여준 지난 세월의 흔적들에게 감사할 수 있다는 것이다. 삶이란 지워지는 흔적과 지워지지 않는 흔적, 그리고 지워버리고 싶은 흔적과 지우고 싶지 않은 흔적들이 엉켜 있어 때로는 혼란스럽기도 하지만 그래도 그 흔적들 때문에 세월은 흘러도 나 여기에 있으니 그래서 세상은 살아 볼 만한 아름다운 것이라는 생각도 해 본다.

　연말이 되면 언제나 지난 한 해를 돌아다보게 되고 또 내게서 떠나가 버리는 그 시간들에 대한 미련으로 아쉬움을 남기게 마련이지만 그래도 그중에서 내게 기쁨과 즐거움으로 함께 해 주었던 시간이나, 또는 잊지 못할 사연으로 남아 있는 날들은 해가 바뀌고 세월이 바뀐다, 하여도 또 다른 모습으로 남아 언제나 나와 함께 해줄 것이다. 그래서 그 모습들을 기억하는 마음으로 이제 한 해를 마무리 해야겠다.

2015. 12. 26

젖은 낙엽

우리 애들과 자매처럼 지내는 친지에게서 이런 말을 들었다. 제 친구인 어느 여교사는 자기 휴대폰 연락처 이름에 자기 남편을 "젖은 낙엽"이라고 입력해 두었다고 한다. 그래서 그게 무슨 말이냐고 물었더니 젖은 낙엽은 한번 붙으면 잘 떨어지지 않는 것처럼 자기에게 찰싹 붙어서 떨어지려고 하지를 않아서 떼어내지를 못하고 붙이고 살고 있기 때문이란다. 그러고 보니 언젠가 일이 생각 난다.

늦가을 무렵 비가 그친 어느 날 운전을 하고 가는데 가로수 은행잎 하나가 바람에 날려와 차 앞창에 붙어서는 떨어지지 않고 있어서 와이퍼를 돌리려다가 고운 빛깔의 유혹에 차를 세우고 내려서 떼어 가지고 온 적이 있다. 또 비바람이 지난 다음 마당을 쓸 때도 땅에 붙은 낙엽이 꼼짝하지 않고 버티면 어쩔 수가 없을 때도 많았으니 말이다.

바람에 날려 어디로 갈지, 모르는 마른 낙엽보다는 젖은 낙엽이 되어 안주하고픈 마음이 그녀의 남편 마음이 아닌가 싶기도 하다. 그래서 내

117

말이 젖은 낙엽도 좋지만, 기왕이면 접착제라고 하는 게 더 낫지 않겠느냐고 했더니 "아휴 그러면 귀찮을 땐 억지로라도 떼어버릴 수가 있어야 하는데 그럴 수가 없잖아요" 하며 웃는다.

듣고 보니 재미있는 표현이라는 생각이다. 남의 일이라서 잘 알 수는 없지만, 남편이 자신을 그렇게 사랑하며 신뢰한다는 의미에서 행복하다는 뜻인지 아니면 자신의 일에 너무 간섭하고 구속한다는 뜻인지는 몰라도 중년의 중반에 들어선 여인의 일이고 보면 아마도 양쪽이 다 내포된 투정이라는 생각이다.

부부는 그런 것인가 보다. 부부 싸움은 칼로 물 베기란 말처럼 티격태격하기는 해도 결국은 젖은 낙엽이 되어 당신이라는 말의 의미대로 서로가 남이 아닌 나로 생각하며 살기 때문에 검은 머리 파뿌리 되기까지 해로하는 것이라는 생각도 해 보게 된다.

그런데 요즘 황혼 이혼이니 졸혼이니 하는 말을 심심찮게 듣게 된다. 더욱이 졸혼이라는 단어는 사전에도 없는 말로 부부라는 이름은 가지고 있으면서 서로의 마음이나 사생활은 간섭하지 않고 구속됨 없이 마른 낙엽으로 자유롭게 산다는 것이라는데 나로서는 도저히 이해가 되지 않는 것은 나도 젖은 낙엽이기 때문이 아닌가 싶기도 하다.

세상 남자들이 안 그런 척 호기는 부려도 실상 젖은 낙엽으로 살아가는 경우가 많이 있으니 말이다. 또 요즘은 집안 경제권을 여자가 가지고 있는 경우가 많으니 더욱 그럴 수밖에 없겠다, 라는 생각도 해 본다.

세상살이가 그렇게 호락호락 한 것이 아니고 또 내가 바라고 노력 한 대로 되어주는 것도 아니기 때문에 산다는 것이 결코 쉬운 것은 아니기에 일상의 지친 마음을 평안케 해주는 곳은 그래도 가정밖에 없으니 때로는 좀 불편할 때가 있더라도 비바람을 맞아야 낙엽도 젖듯이 고난에서 서로가 젖은 낙엽이 되고 품어주어야 검은 머리 파뿌리 되기까지 해로할 수 있는 것이 아닌가 싶다.

저녁을 먹으면서 아내에게 물었다. '나도 당신한테 젖은 낙엽이냐고'? 그랬더니 아내 대답이 나는 당신한테 젖은 낙엽 같은데 당신은 아닌 것 같다고 한다. 왜 그렇게 생각하느냐고 했더니 대답이 나는 지게 작대기처럼 당신한테 잔뜩 기대고 있는데 당신은 나 없어도 살 수 있지 않느냐, 하기에 나도 당신 없으면 못 산다고 했더니 거짓말이란다.

금 년이 결혼한 지 오십 년이 되는 해이다. 그러니까 금혼이 되는 것이다. 결혼 오십 주 년이 되면 말하는 대로 금혼식을 한다고 하는데 금혼에 식자를 붙인 까닭은 아마도 이날을 그냥 의미 없이 보내지 말고 그간 살아오면서 겪은 희비애락을 돌아보면서 부부 서로가 사랑과 고마움을 나누면서 기념하라는 뜻이 아닌가, 라고 나름대로 생각해 본다.

예로부터 혼인을 맺고 육십 년이 되어 회갑을 맞으면 예복을 입고 회혼回婚식을 하는데 이때 자녀들은 어린아이처럼 재롱을 부려 부모를 즐겁게 한다. 그런데 회혼식을 하는 것도 조건이 있는데 그것은 어느 한쪽이라도 외도를 하였거나 자식을 먼저 저세상으로 보냈거나 하는 큰 불행이 없었어야 되는 것이다.

가정이라는 한 공간에서 부부가 함께 살아가더라도 그 공간을 따뜻하게 채우는 것은 서로의 노력이 없이는 그리 쉬운 것이 아니다. 집을 가꾸고 치장하는 것이야 돈으로 얼마든지 할 수 있어도 가정이란 잘 꾸민

집이 아니고 배가 험난한 항해에서 편히 쉴 수 있는 항구처럼 언제나 나를 품어주는 곳이어야 하기 때문이다.

오십 년이라고 하면 결코 짧은 세월이 아닌데 그 세월을 어떻게 살아왔나, 라는 생각보다는 그 세월이 어느새 오십 년 인가, 라는 생각이 앞선다. 삶이 그렇듯이 때로는 내게도 힘들고 어려운 시간이 많이 있었더라도 그래도 내가 늘 감사 하는 것은 우리 부부가 금 혼을 맞기까지 서로가 젖은 낙엽으로 살고 있는 것이다.

2019. 9. 6

슬픈 계절

예정이 없던 집을 새로 짓게 되었다. 건축업자에게 아주 맡겨버리면 편하기는 하겠지만 살고 있는 집을 그대로 두고 옆에다 짓는 것이기 때문에 급하게 서두를 것도 없고 또 그러면 돈도 많이 들 뿐 아니라 마음에 들지 않는 부분들도 있을 것 같아 전문가는 아니더라도 나도 건축에 대해서는 조금은 알고 있기에 내가 직접 하기로 하고 자재를 조달하고 인부를 섭외하여 줄 분을 고용해서 일을 하고 있는데 어제부터는 철근 콘크리트와 단열재로 골격을 세워 놓은 외부에 벽돌을 쌓는 일을 하게 되었다. 그런데 조적공 중 50대 후반으로 보이는 한 분이 오른손 손목이 없는 장애인이었는데 그 부분을 수건으로 감아서 벽돌을 들어 올리며 왼손 하나로 일을 하는데 아주 능수 능란하여 오히려 정상인들보다도 잘하고 있었다. 건축 현장에서 일을 하시는 분들은 대체로 아침 7시부터 일을 시작하기 때문에 그러자면 새벽같이 일어나 집을 나서야 함으로 늘 피곤함이 남아 있기 마련이란다. 그래서 오늘 아침엔 커피를 끓여서 한 잔씩 드리며 어떻게 해서 오른손을 잃게 되었느냐고 조심스럽게 물어보았더니 어려서 공장에서 일을 하다가 사고로 잃게 되었다고 한다. 젊어서라 하지 않고 어려서라고 했다. 본인은 아무렇지도 않게 대답을 하지만 듣는 나로서는 어쩐지 마음이 찡하다. 장애인들은 동정은 하지 말고 배려해 주는 것이 좋다고 하지만 그래도 어려서부터 산업 전선에 뛰어들어야만 했던 그의 처지를 생각해 보면 이제까지 살아온 그의 삶의 여정도 순탄치 못했을 것이라는 생각에 동정이 가면서도 그래도 열심히 살아왔을 그가 존경스럽기도 하였다. 그래서 열심히 일하시는 모습이 존경스럽다고 하였더니 "다 먹고 살기 위 해선데요 뭐, 식구들 먹이고 애들 가르치려면 아무 일이 든 해야지 별수 있나요" 하고는 씩 웃는다.

그저께는 손아래 동서가 회갑을 맞는 날이었다. 청주 어느 식당에서 가족과 가까운 친지들이 모여서 함께 축하하며 식사를 하는 자리에서 나는 그 자녀들에게 아버지의 살아온 세월을 사랑하고 존경해야 한다고 말해주었다. 모두가 그러하지만, 동서는 정말 가정을 소중히 여기고 사랑한 사람이다. 젊어서 지금까지 가정밖에는 모르며 살아왔고 회사에서 퇴직한 후에는 좀 쉬었다 해도 될 터이지만 퇴직하자마자 곧바로 개인택시를 인수하여 새벽부터 저녁 늦도록 까지 일하면서 한결같이 가정에 충실한 사람이다. 지금도 쉬는 날에는 집안 청소는 물론 설거지 빨래까지도 다 한다는데 처제가 하지 말라고 성화를 하여도 막무가내란다. 흔히 말하는 팔불출이라 할런지는 모르겠지만 그렇게 가족을 위해 헌신하며 가정을 사랑한 사람이기에 그의 삶을 존경하고 사랑하라 한 것이다.

사람은 누구나 수고하여 땀 흘림으로 먹고 사는 것이 창조주의 뜻이며 살아가는 원리이기에 노동의 가치가 귀한 것이고 모든 사람의 의무이기도 하여 일을 한다는 것은 당연한 것이라 하겠지만 정상인들도 꺼리는 힘든 일을 한쪽 손을 잃은 사람이 한다는 것은 아무나 할 수 있는 것이 아니기에 그가 하고 있는 일에 나도 옆에서 벽돌을 하나하나 집어주면서 이 사람의 노동 가치는 보통 사람들의 몇 배일 것이라는 생각을 해 보았다.

그는 일을 하면서도 노래를 부르는가 하면 동료들과도 농담을 하며 대화도 끊이질 않는다. 그래서 어떻게 하면 그렇게 재미있게 일을 할 수 있느냐고 물었더니 대답하는 말이 엉뚱하게도 가을이잖아요, 가을은 슬픈 계절이니 일이라도 재미있게 해야지요, 한다. 대답이 너무 뜻밖이라 왜 가을을 슬픈 계절이라고 하느냐, 하였더니 이제 머지않아 단풍이 들면 보고 싶은 사람이 생각 날 텐데 왜 슬픈 계절이 아니냐고 하여 무슨 사연이 있는 듯싶어서 더 묻지 않고 너무 낭만적이라고 돌려 말하였더니 그도 웃으며 낭만은 좋은 거유, 하면서 자기가 벽돌을 쌓아 드리는 이 집에서 건강하게 오래도록 살란다. 나도 고맙다고 하면서, 보고 싶다든지, 그립다든지 하는 것은 마음을 얼마만큼 아프게 할까, 생각하면서 그가 가을이면 보고 싶어지는 사람은 누구일까? 도 생각해 본다.

어려서 공장에서 일을 하다가 한쪽 손을 잃었다면 짐작컨대 학교도 제대로 다니지 못했을 것이고 성장하면서는 비관이나 좌절도 많았을 테지만 그래도 자신에게 있는 불운을 떨쳐버리고 꿋꿋이 살아가는 그의 모습은 바로 인간 승리 그것이라는 생각이 든다.

그분의 앞날이 하루하루가 평탄하고 행복한 삶으로 이어지기를 기원해 본다.

2013. 9. 10

연륜年輪

11월 하루가 지났다. 입동이 며칠 남지 않았으니 그럴 만하기도 하지만 꽤 쌀쌀하다. 차에 연료를 넣으려고 오후 좀 늦은 시간에 농협 주유소엘 갔더니 마침 밖에 있던 여자직원이 기름을 넣어주면서 "날씨가 춥죠? 그런데 왜 세월이 그렇게 빨라요? 아침에 출근하면 금방 하루가 가고 그러네요"한다. 그러기에 내 말이 바쁘게 일하다 보니 시간 가는 줄 몰라서 그렇겠지, 라고 하면서도 몇 년 전 어느 꽃집 여주인과 했던 이야기가 생각난다. 그때도 젊은 그 꽃집 여주인은 내게 똑같은 말을 했는데 그래서 나는 그때 그분에게도 내 나이쯤 되었을 때 후회가 되지 않도록 열심히 살라면서 최선을 다한 삶은 후회가 있더라도 마음을 아프게 하지는 않을 것이라고 말해준 것이 기억나서 같은 말을 해주며 그래도 당신이 느끼는 세월의 빠름과 내가 느끼는 세월의 빠름은 그 의미가 다르기 때문에 세월의 속도가 나이와 비례한다는 말을 실감하게 될 때 진짜 그 의미를 알게 될 것이라고 했더니 "연세가 드시면 정말 그렇게 빨라요? 하면서 그럼 저는 50대니까 그렇게 빠른 것은 아니네요"하며 웃는다. 나도 따라 웃으면서 그런데도 세월이 빠르다고 하면 과속하는 것이고 과속하면 사고가 나기 마련이니 몸은 바빠도 마음은 여유를 가지면 좋겠다고 말해주었다.

연륜의 속도가 빠르다 보면 정말 사고가 나기 마련인가 보다. 몇십 년을 병원 모르고 살아왔는데 추석을 지나고 나면서부터 좀 피곤하다 싶더니 급기야 기운이 없고 몸에 열이 나서 그렇지 않으려니 하면서도 코로나 감염은 아닌가 싶어 검사도 받고 병원에 다니며 치료를 받아도 별 효과가 없고 식사도 할 수 없어 영양제 주사로 대신하다 보니 몸 상태가 말이 아니라서 한 달이 넘도록 고생을 했는데 어느 분들은 왜 전화도 없고 소식이 없느냐며 안부를 물을 때 고생한 이야기를 하면 모두가 하나같이 나이 탓이라며 나이는 못 속이는 법이란다. 지금까지는 그래도 나이 의식하지 않고 노인이면서도 노인이란 생각 별로 하지 않고 살았는데 이런 이야기를 듣고 보면 이제는 나이도 의식하고 노인이라는 생각도 하면서 살아야 되는 것 인가, 싶어 좀 섭섭한 마음이기도 하다.

하기는 금 년에 운전 면허증을 갱신하도록 되어 있어서 사진을 찍었는데 같은 사진관에서 찍었어도 5년 전에 찍은 사진에 비교해 보니 어쩌면 이렇게 늙었을까 해서 씁쓸해하기도 했으니 말이다.

언젠가 노인들 모임에서 어느 분이 나에게 농담 삼아 김 회장님은 교회 장로님이시니 아실 것 같다며 죽지 않는 방법이 뭐 없겠느냐고 하기에 물론 기독교에서는 영생하는 것을 믿음의 신조로 삼고 있지만 그렇다고 그 자리에서 종교적 교리를 말할 수는 없는 노릇이라서 다만 죽음을 의식하지 않고 죽음을 두려워하지 않으면 그것이 죽지 않는 방법 아니겠느냐, 고 했더니 그게 어디 쉬운 일이냐, 라고 한다.

내가 몸이 아팠던 이야기는 그렇다 치더라도 금 년에는 주변에 큰 사건이 두 번 있었는데 하나는 년 초에 넷째 형님이 크게 다친 사건이다. 형수에게서 전화가 왔는데 형님이 119를 불러서 병원에 왔다면서 아침에 넘어지면서 머리를 부디쳤어도 그냥 대수롭지 않게 생각했는데 어지럽고 구토가 난다면서 일어나지를 못해 119를 불렀다고 한다. 충격으로 뇌출혈이 된 것은 아닐까 걱정이 되었는데 아니나 다를까 뇌출혈이 심해서 뇌 수술을 해야 하는데 그것도 두개골을 거의 절개하는 대수술이란다. 셋째 형님께서는 그 형님대로 순서대로 가야지 나보다 먼저 죽으면 어떡하느냐고 걱정이 크신데 다행히 수술결과가 좋아서 완치는 되었어도 후유증은 남아 있고 전처럼 몸을 가꾸지 않아서인지는 몰라도 금 년 한 해 동안 부쩍 늙어 보인다,

두 번째 사건은 둘째 형님께서 돌아가신 것이다. 향년 88세로 미수米壽를 사셨으니 어쩌면 장수를 누리셨다, 할 수 있고 평생 형수님 속을 무던히도 썩이셨지만 그래도 막상 가시고 보니 마음이 허전한 것은 어쩔 수 없다.

나는 휴대 전화 바탕 화면에 아내의 젊었을 때 사진을 저장해 두었는데 사진이 잘 나오기도 했고 또 한창 젊었을 때 사진이라서 어쩌다 다른 사람이 보면 배우처럼 예쁘다고 한다. 며칠 전 아침 식사를 하는데 딸애한테서 전화가 와서 받고는 아내에게 그 사진을 보여주며 이 아가씨가 언제 이렇게 할망구가 됐느냐고 했더니 "글쎄 말여, 언제 이렇게 늙었지"

라고 하다가 당신이 고생시킨 탓이라며 원인을 내게로 돌리는데 아마도 세월을 탓하기보다는 내가 더 만만한 모양이다.

재작년, 그러니까 2019년 12월 4일은 우리 부부가 결혼한 지 만 50년이 되는 금혼의 해였는데 그해 나는 보은 문화원 문화 교실 아코디언 수강생으로 참여하고 있었고 수료식 행사는 바로 전날인 3일이었는데 행사에 겸하여 시 낭송을 내게 하도록 하여 금혼을 맞아 자작한 "해로偕老"를 낭송하였다.

/검은 머리 희어지고/ 이마에 주름골이 깊어진 지금/ 아내는 이제야 말을 합니다/ 여자는 시집을 가야 한다는 어머니 말씀대로/ 고개 숙인 곁눈질로 처음 본 당신 따라/ 시집을 왔노라고/ 힘겨운 짐 짊어지고/ 그 짐이 너무 무거워/ 내려놓고 싶었던 때 수없이 많았어도/ 당신이 있고 아들딸 삼 남매 또 다른 나로 있어/ 그 짐 지고 살았답니다/ 일상을 행복으로 여길 날을 기다린 세월/ 무거웠던 그 짐들이/ 이제는 내게 보람이요 행복이었노라고/ 휴-하는 한숨/ 사르르 감는 두 눈에 서린 수많은 뜻을/ 나 다 알 순 없지만/ 이제는 당신의 날들이 행복으로 채워지도록/ 나 최선을 다하리다/ 여보 고맙소/.

누구는 나이는 뺄셈이라고 말하기도 하지만 그래도 나이를 좀 먹고 보니 이제는 나도 철학자가 되었는지 생각해 보면 그래도 모든 것이 고맙고, 감사하다는 마음이다.

2021. 11. 2

나를 찾아가는 길

동토 속에 갇혀 있던 생명들로 땅이 요동치고 있다. 어떤 것들은 자취도 없이 땅 속에 숨어 있다가 새싹을 내는가 하면 어떤 것들은 맨몸으로 눈바람 맞으며 추위를 견디다가 꽃눈을 틔운다. 저들이 어떻게 긴 겨울의 시련을 견디며 끈질기게 생명을 지켜 왔는지는 모르겠지만 이제 또 저들이 푸른 숲을 만들게 되고 그러면 또 다른 생명들이 그 속에서 보금자리를 얻어 새로운 삶을 이어가게 될 것이다. 이 모두가 자연의 이치요 섭리이니 무엇이 그리 새로울 것이 있겠느냐고 하면 간단할 수도 있겠지만, 그러나 생각할수록 신비로운 이 자연의 모든 섭리 속에는 진리가 있고 또 그 안에 내가 있으니 나의 삶도 저들 속에 있는 것이란, 생각이다. 저들이 비록 동토 속에 갇혀 있어 자신의 모습을 잃어버리고 있었다 할지라도 때가 되면 싹을 내어 자신을 찾아가면서 꽃을 피우고 열매를 맺음으로 자신의 존재를 완성해 가는 것처럼 그 변함없는 진리 속에서 나도 나를 찾아가는 삶을 배워야 할 것 같다.

어찌 생각하면 내가 나를 찾는다고 하는 것이 우습기도 하고 말이 되지 않는 역설이 될 수도 있겠지만, 그러나 이 문제는 누구나 자신만이 고민하고 풀어야 할 숙제임에는 분명 한 것 같다. 자신이 처한 환경과 여건 그리고 무엇보다도 가지고 있는 이념과 가치관에 따라 달라질 수가 있 겠지만 이 문제는 쉽게 풀 수 있는 것이 아니기에 사람들은 성현들의 가 르침이나 철학을 말하고 나아가 자신의 종교와 신앙에서 찾으려 하기도 한다. 그러나 어쩌면 이런 것들이 문제를 더욱 복잡하게 하고 더 어렵게 하는지도 모르겠다. 삶이란 복잡하고 어렵게 되면 더욱 어렵고 복잡해 지는 것이 아니겠는가, 라는 생각이 들기 때문이다.

며칠 전 나는 노인 대학에서 어르신들께 지금까지 나를 잃어버리고 희생으로만 살아온 삶에서 벗어나 이제는 나를 찾아서 행복한 노년이 되도록 하라고 말하면서도 머릿속에서는 이분들이야말로 자신을 잃지 않고 자신의 자리를 지키면서 스스로가 바보처럼 살아오셨기에 오히려 행복하지 않았나 하는 생각을 하게 되었다. 바보는 복잡하게 생각하지 않고 구체적인 계획이나 목표도 없다. 그리고 원대한 꿈이나 이상도 가 지지 않는다. 그러기에 하루하루 자기에게 주어지는 날들을 정직하게 살 아감으로 자신도 알지 못하고 있는 행복한 삶을 가지고 있는지도 모르 겠다는 생각이다.

예로부터 세상살이에 대하여 말하기를 인생은 나그네라 안개라 혹은 바람을 잡으려고 하는 것처럼 헛된 것이라는 등의 부정적 비유가 많아 서 삶의 의미도 희석되게 함으로 나를 찾지 못하게 하는 모순이 있다고 생각되지만, 그러나 고집이나 욕심에 얽매여 있는 마음의 사슬을 풀어 주는 의미가 되기도 하여 결코 잘못된 표현만은 아닌 것 같기도 하다. 요즘 유행하는 노랫말처럼 내 인생이 고달프다 울어본다고 누가 내 맘을 알아줄까마는 알아준다 한들 절실하게 같이 울어주는 것도 못 되고 또 누가 그 짐 대신 지고 살아줄 수 있는 것도 아닌데 그렇다면 내게 주어진 인생을 정말 살아볼 만한 가치로 다짐하여 살아가야 하는 것이 주어진 숙명이라는 생각이기도 하다. 어떤 이가 말하기를 인생은 짐을 지고 사막 길을 가는 낙타와 같다고도 하였듯이 사람이 어찌 괴로움 없이 살아갈 수 있으랴마는 비 온 뒤에 땅이 굳어진다는 말처럼 역경을 통하여 삶의 터가 다져지는 이치를 알아가는 것이 나를 찾아가는 길이라는 생각도 해 본다. 고통은 마음을 자라게 하고 영혼을 성숙하게 한다고 했으니 고통은 곧 정신을 건강하게 만들어 주는 영양제가 되어주는 셈이다. 시간은 모든 사람에게 공평하게 주어지지만, 그 시간 속에서 내가 어떻게 살아야 하는 것은 내 몫이기에 내가 비록 무거운 짐을 등에 지고 사막을 걷는 낙타와 같은 현실 일지라도 분노하거나 좌절하지 않으면 그로 인해 성숙해진 나의 영혼은 분명 나를 위로해줄 것이라 믿는다.

인생이란 나를 찾아가는 긴 여행이라고도 했다. 세상의 모든 사람들이 나를 찾기 위해 인생이라는 고된 길을 가고 있지만 나를 찾는다는 것은 우선 나의 존재 이유를 소중하게 여기며 사는 것이라는 생각이다.

다른 사람들이 있어 그들로 하여금 내 삶이 엮어지듯이 나의 존재가 어느 만큼의 가치로 다른 사람의 삶을 엮어 줄지를 생각하며 살아가는 것이 인생길의 지혜로운 여행자라 믿는다. 언제 어디서 이런 나를 찾게 되어 여행을 편히 마감할 수 있을는지는 모르지만 그러기 위해서 오늘도 나는 나를 찾아가는 그 길을 가고 있는 것이다.

2013. 4. 2

조팝나무 꽃이 필 때

청주엘 갔다가 돌아오는 길에 집 가까이 이르러 지름길 농로로 오며 주변을 둘러보니 산자락과 방천 둑에 미처 보지 못하고 있던 조팝나무 꽃이 하얗게 피어 있어 차를 세우고 한참을 바라보았다. 마치 솜구름이 내려앉은 듯 군락을 이루어 만발한 풍경이 너무 좋아 한동안 그 아름다움의 정취에 빠져들었다가 문득 어려서 어른들께 들은 이야기가 떠오른다.

예전에 조팝나무 꽃이 필 무렵이면 어김없이 찾아오던 보릿고개라 일 컫는 춘궁기는 대개의 민초民草들이 겪는 너무나도 넘기 힘든 삶의 고개 였다. 지금이야 보리밭을 보기도 어려울 만큼 귀해졌고 바람이 일적마 다 출렁이는 맥랑의 파도는 지난날의 그리움만을 남겨주고 있을 뿐이지 만 보리는 우리에게 있어 없어서는 아니 될 중요한 양식이었다.

시집간 딸네 집에 친정아버지께서 오셨다. 마땅히 반갑고 대접을 잘 해 드려야 하겠지만 보릿고개 철이라서 양식이 없으니 걱정과 죄스러움이 앞서 하는 말이 "아버님 오시면서 조팝나무 꽃 핀 것도 못 보셨어요?"라고 하였단다. 이 말을 하는 딸의 마음이 어떠했으며 이 말을 들은 아버지의 마음은 어떠하였으랴? 우리들의 할아버지 할머니, 아버지 어머니들이 힘들게 살아온 삶의 무게를 느낄 수 있는 이야기이며 이 시대를 살아가는 우리들에게는 아픔과 추억이 함께 남아 있는 이야기이기도 하다.

세상을 살아가노라면 정말 힘들고 어려울 때가 너무 많이 있다. 때로는 피하고 싶고 때로는 포기하고 싶고 때로는 남에게 넘겨주고 싶고 때로는 주저앉고 싶을 때가 얼마나 많겠는가 말이다. 우리의 인생길에는 고개가 어디 보릿고개뿐이랴? 발로 걷는 길이라면 힘들면 돌아갈 수도 있고 쉬었다 갈 수도 있고 가지 않을 수도 있지만 나에게 주어진 삶의 인생길이야 피할 수 있어 피해지는 것도 아니며 남에게 넘겨줄 수 있는 것도 아니고 또 주저앉고 싶어도 그러지도 못하기에 그래도 그 짐을 짊어지고 그 길을 걸어야 하는 것이며 그것이 내 몫이라면 그것을 나의 삶으로 받아들여 극복하고 나가야 하겠기에 인내하며 가는 것이라 여겨진다. 그리고 결국은 그 삶으로 내가 행복하고 내가 세상을 아름답다고 하며 보람과 자랑으로 여길 수 있을 것이라 믿는 것이다. 우리의 아버지가 그렇게 살아오셨고 우리의 어머니가 그렇게 살아오셨는가 하면 이 시대의 우리 세대도 그렇게 살아왔고 또 우리의 아들과 딸들도 보릿고개는 모른다 해도 그런 인생길을 걸어갈 것이다. 이러한 우리의 삶을 종교에서는 원죄의 결과라 하기도 하고 인과응보의 업보라고도 하지만 우리가 걸어가는 인생의 여정은 정상만을 향하여 오르는 등반가의 걸음도 아니고 쉬지 않고 달려야만 하는 마라톤 선수의 경주도 아니기에 그저 쉬지 않고 열심히 걸어가면 되는 것이라 믿는다. 다만 힘들고 지쳤을 때에는 조금 쉬었다 갈 수 있는 여유를 찾으면서 말이다. 그러기에 이렇듯 우리보다 앞서간 모든 이들이 보릿고개를 비롯한 모든 인생의 고개들을 넘고 넘어서 우리에게 이 시대의 풍요로움을 유산으로 물려주지 않았는가?

길을 가다 보면 돌부리에 채일 수도 있고 넘어질 수도 있고 또 고개를 넘어야 할 때도 있지만, 어느 때는 평탄한 길도 걸을 수 있고 동행하는 동반자도 만나 서로 힘이 되고 위로하며 함께 가면서 고갯마루에서는 시원한 바람에 땀을 씻으며 내리막길과 아래의 평탄한 길을 바라보는 기쁨과 희망으로 힘들고 어려웠던 지난 여정을 돌아보며 감사하는 여유도 가질 수 있지 않겠는가?

이처럼 시련과 어려움을 극복하면서 자신의 삶을 걸어온 인생이야말로 가장 위대하고 존경받는 성공 된 삶이라 여겨진다. 성공이란 각자의 생각이나 목표, 가치관의 성취에 따라 다르게 평가될 수 있으나 가장 평범하면서도 가장 보편적인 삶이 성공적인 삶으로 평가되는 것은 그 속에 내가 쌓아 올린 인간의 기본적인 가치가 내재 되어 있고 인간관계가 사랑과 이해로, 그리고 배려하는 아름다운 마음으로 엮여있기 때문일 것이다. 그러기에 우리는 오늘도 그리고 내일도 나에게 주어진 길을 그렇게 걸어가야 할 것이다.

2010. 4. 19

참 자유인

　친구가 투병 끝에 사망했다는 연락을 받았다. 순간 머리가 멍해지고 심장이 내려앉는 기분이다. 그렇게 가깝게 지내거나, 각별한 친구는 아니었어도 가끔 만나게 되면 너 내 하며 허물없는 사이였기에 그렇기도 하지만 그보다는 동갑이라는 사실에 더 큰 충격을 받은 것이다. 따지고 보면 죽음이란 다시 볼 수 없다는 것밖에는 크게 달라지는 것이 없는데 왜 이토록 심란해지는 것일까 생각해 본다. 그런데 그 답은 너무 간단했다. 만일 내가 죽는다면, 물론 내가 죽는 다 해도 나를 아는 대부분의 사람들에게는 그저 스쳐 지나간 인연쯤으로 생각되어 별다른 의미가 없겠지만 내 죽음을 애도하며 슬퍼하던 이들도 곧 나를 잊고 일상을 살아가게 될 것이니 그리 심란해할 것도 없는데 그래도 마음은 그렇지 않은 것은 죽음이라는 말을 결코 좋은 의미로 받아들일 수 없기 때문일 것이다.

　친구들과 약속 한 시간에 맞추어 장례식장엘 가니, 한낮이라 그런지 유족 외에는 조문객이 별로 없었다. 고인의 영정 앞에서 기도하고 향을 올려 명복을 빈 다음 미망인에게 위로의 말을 하고 있으니 몇몇 친구들이 함께 들어온다. 접대 실에서 상을 마주하고 앉자 서로의 건강을 염려해 주는 인사를 시작으로 이런저런 이야기를 나누는 동안 술잔도 오가게 되자 살아온 세월이 그리 평탄치 못했던 한 친구가 푸념을 늘어놓는데 그것은 푸념이라기보다도 숱한 어려움을 견디며 살아온 지난 삶에 대한 원망도 이제 와서는 자신에게 주어진 운명으로 생각하니 지금까지 건강하게 살아온 것만도, 고맙다는 나름대로의 인생 철학이었다. 나이를 먹으면 표현은 달라도 모두 철학자가 되기 마련이지만 그래도 친구의 죽음 앞에서 하는 푸념은 모두가 공감할만한 것이기에 너도나도 한마디씩 거들게 되었다. 겨울이 가면 봄이 오고 꽃이 피면 지는 것처럼 생명이 태어나면 반드시 죽는 것이야 변할 수 없는 이치임으로 누구도 피 할수는 없는 것이고 삶과 죽음이 순간이라 할지라도 그 순간은 내 생애의 모든 세월의 시간들을 지워버리는 것이기에 인간이 아무리 위대한 존재라 할지라도 결국 죽음 앞에서 두려워할 수밖에 없는 것은 신 앞에서 나약한 존재이기 때문이기도 하겠지만 지워져야 하는 내가 두려운 것인지도 모른다. 그래서 사람들은 이렇게 말한다. 개똥에 굴러도 저승보다는 이승이 좋다고, 그런데 가끔은 자신의 존재를 지우기 위해 스스로 죽음을 선택한 이들의 이야기를 듣게 되는데 그들은 왜 그 두려움의 세계를 스스로 찾아가는 것일까? 그들에게는 두려움이 없어서일까, 아니면 그토록 자신의 삶이나 불행이 죽음보다 더 두려운 것일까, 라는 생각도 해 보게 된다. 그러나 내가 정말 두려워해야 할 것은 내가 죽은 다음 남아 있는 이들에게서 내가 잊혀질 때까지 또는 혹시라도 나를 잊지 않고 있는 사람이 있다면 그들의 기억 속에 내가 어떻게 남아 있느냐 하는 것이란 생각이다. 될 수 있으면 나를 빨리 잊어 주었으면 좋겠지만 그렇지 않다면 좋은 기억으로 남을 수 있기를 바랄 뿐인데 그것이 그리 쉽지 않으니 죽음보다는 그것이 두려울 수밖에 없는 것이다. 흔히들 죽음에 대하여 말하기는 순서가 없고 누구도 대신할 수 없으며 연습이나 경험도 할 수 없으며 다시 올 수도 없고 또 아무것도 가지고 갈 수 없다고 함으로 비우는 삶이 오히려 행복하다는 가르침을 주기도 하는데 내 마음속에 도사리고 있는 욕심은 원래가 고약한 놈이라서 나를 놓아주지 않고 죽는 순간까지도 함께 하려 할 터이니 우선은 이놈부터 쫓아낼 방법을 찾아야 그 두려움을 덜 수 있을 것 같다. 두려움이란 언제나 무엇에 얽매여 있을 때 느끼는 감정이기 때문에 얽매이지 않은 자유인에게는 두려움이 없기 마련이다. 그리고 자유인이란 언제나 죽음보다는 삶에 대해 더 많은 것을 생각하는 사람이라 했으니 삶의 가치를 가장 사랑하는 사람이 참 자유인이란 생각도 해 본다.

절망이 죽음에 이르게 하고 또 단 하나의 희망도 없는 마지막 절망이 죽음이라고는 해도 이 마지막 절망에도 소망이 있으니 내가 믿는 기독교의 진리가 그것이다.

"진리를 알지니 진리가 너희를 자유케 하리라.

2016. 5. 16

4부

생각이
머무른 자리

가시나무 새

이런 이야기가 있다. 세종대왕께서 다섯째 왕자인 광평대군을 총애하셨는데 그의 운세가 굶어 죽을 팔자라 하여 왕자가 굶어 죽는다는 것이 말이 되느냐며 궐 밖에다 집과 많은 전답을 주어 편히 살게 해 주었는데 약관의 나이에 생선 가시가 목에 걸려서 음식을 먹을 수 없으므로 굶어 죽었다는 것이다. 요즘 같은 의술이라면 그 가시를 쉽게 뺄 수도 있었겠지만, 그때는 그 가시를 뺄 수 있는 의원이 없었던 모양이다.

오늘 아침에 아내가 시장을 봐야겠다며 데려다 달라고 하기에 약속이 있어 그럴 수 없다고 하였더니 기분이 상했나 보다. 외출하였다가 저녁에 돌아오니 일부러 그러는 것인지 저녁상을 차려 주면서도 말투가 곱지를 않다. 그러기에 왜 퉁바구처럼 쏘느냐고 하면서 앞으로도 당신이 내게 아쉬운 소리 할 때가 많을 텐데 그러면 누구 손해냐고 농담을 하며 구슬렸더니 퉁바구에 쏘이면 얼마나 아픈지 아느냐고 한다.

퉁바구는 퉁가리라는 물고기의 사투리로 깨끗한 물에서만 서식하는데 지금은 거의 볼 수 없을 정도로 사라지고 없지만, 전에는 우리 마을 냇물에서도 아주 흔한 물고기 중 하나였다. 생김새는 메기와 비슷하지만, 몸집은 15센티 정도로 작은데 색깔이 붉고 등과 양옆 지느러미에는 가시가 있어 그 가시에 한 번 쏘이면 몇 시간을 지나도 통증이 쉽게 가시지 않는다.

아내가 시집을 온 지 얼마 되지 않아서 그러니까 부모님과 함께 살고 있을 때 어느 날 형님께서 물고기를 꽤 나 많이 잡아 오셨다. 시냇물이 없는 곳에서 자란 아내는 잡아 온 물고기가 신기해서인지 손가락으로 건드려 보다가 그만 통가리에 쏘이고 말았다. 울상이 된 아내에게 어머니께서 괜찮으냐고 물으셔도 대답도 못 하고 쏘인 손가락을 움켜쥐고 어쩔 줄 몰라 하며 방으로 들어가 나오지를 못하고 있었다. 얼마의 시간이 지난 후 우습기도 하고 안쓰럽기도 하여 어떠냐고 물어보았더니 뼛속까지 아프다고 하면서 왜 진즉 알려 주지 않았느냐고 하였다.

이처럼 통가리 가시뿐 아니라 어떤 가시이든지 쏘이거나 찔리면 고통을 당하기 때문에 가시라는 말은 결코 좋은 의미가 되지 못한다. 아주 못마땅한 사람이나 사물을 일컬어 눈엣가시 같다고 하는가 하면 가시에 찔리면 그 상처는 크지 않더라도 통증은 심하기 때문에 남의 눈 빠진 것이 내 손톱 밑에 가시 박힌 것만 못하다는 말이 있는가 하면 남이 내게 좋지 않은 말을 할 때에도 경우에 따라 말에 가시가 있다고도 하는데 그래서 이와 같이 가시라는 말은 언제나 부정적으로 표현되기 마련이다. 그러기에 이러한 가시가 다른 사람이나 다른 사물에 만 있고 내게는 없는가를 가끔 생각해 보게 된다. 나의 말이나 행위가 가시가 되어 남을 아프게 하고 상처를 주지는 않았는지, 그리고 나의 잘못들이 가시가 되어 나를 찌르고 있는 것은 없는지도 생각해 볼 만하다. 초등학교 4

학년 때쯤 어느 여름날 상급생 형들과 함께 학교엘 가지 않고 동구 밖 아카시아나무 숲에 숨어서 놀다가 가시에 찔려 며칠을 고생하면서도 학교에 가지 않은 잘못이 더 어린 양심을 찔렀기에 아프다는 말 한마디 할 수 없었던 일이 생각난다.

가시나무새라는 전설의 새는 평생을 한 번도 울지 않다가 죽을 때에야 가시를 찾아 자신의 몸을 찔리고 피를 흘리면서 이 세상에서 가장 아름다운 목소리로 노래하며 죽는다는데 왜 이런 이야기가 나왔는지는 모르겠지만 아마도 가시밭 같은 삶 속에서도 아름다움을 갈망하는 욕구에서 비롯된 것은 아닐까 싶기도 하다. 그런데 가끔은 정부 최고 기관의 수장 지명자들에 대한 청문회 검증과정에서 불거진 당사자들의 숨겨졌던 과거 잘못들이 지금에 와서 자신을 찌르는 가시가 되고 있음을 보고 있다. 물론 본인들도 그때는 자기의 과오가 이제 자신을 찌르는 가시가 될 줄은 미처 생각을 못 했었겠지만 앞으로도 고위 공직 지명자들의 검증과정에서 또 얼마만큼의 숨어 있는 가시가 자신을 찌르게 될지는 두고 볼 일이다.

사람에게 있어 욕심은 본성이라고 하지만 지나친 욕심은 나 자신을 찌르는 가시가 되기 때문에 가시나무새처럼 자신을 찌르게 될 가시를 찾아다니는 어리석음은 버려야 되겠다는 생각에서 성경 말씀 중에 "돈을 사랑함이 일만 악의 뿌리가 되나니 이를 탐내는 자들은 미혹을 받아 믿음에서 떠나 많은 근심으로서, 자기를 찔렀도다"라는 구절을 떠올려 본다.

2013 .2. 5

물

긴 가뭄으로 시달리는 땅 위에 단비가 내린다. 비록 유월의 마지막 날이기는 하지만 그래도 달이 아주 가기 전에 비를 내려주니 고맙다. 아마 유월도 나의 원망을 들으며 떠나기는 싫었던 모양이다. 기왕이면 조금만 더 일찍 내려주었으면 좋았을 터인데, 라고 투정하고 싶은 마음도 있지만 그래도 감사한 마음이 앞선다. 그동안 뉴스 시간마다 가뭄으로 인하여 곳곳이 식수 때문에 어려움을 겪고 있고 농작물들이 농민들의 마음과 함께 타들어 가는 현상들을 보면서 하루속히 비가 내리기를 간절히 바라지만 그래도 내가 살고 있는 이곳은 아직은 이러한 큰 어려움을 당하지 않고 있으니 복 받은 지역이라는 생각을 하면서 새삼 물에 대한 소중함과 고마움을 느끼게 한다. 우리는 흔히 절약할 줄 모를 때나 무엇을 낭비할 때 하는 말로 물 쓰듯 한다고 한다. 이처럼 물은 우리 곁에 늘 함께 있으며 아무리 쓰더라도 아깝거나 부족함이 없다는 뜻으로 쓰여지는 말이지만 그래도 하늘이 우리에게 물을 주지 않으면 이렇게 절실한 것을 잊지 않는 마음도 필요할 것 같다. 때로는 너무 많은 비가 내려 피해를 당할 때는 하늘을 원망하기도 하지만 그래도 요즘 같은 가뭄에는 차라리 억수같이 쏟아져 주었으면 하는 마음이었는데 이렇게 비를 내려 주시니 얼마나 고마운 일인가? 지구 온난화로 이대로라면 우리나라도 아열대 기후가 되어 건기와 우기가 뚜렷해지는 재난이 올 수도 있다는 우려가 높아지고 있는 가운데 이제 우리나라도 물 부족 국가가 된다는 이야기가 나온 지는 이미 오래된 것 같다. 생각만 해도 끔찍한 일이지만 이러한 일이 현실이 되었으니 안타까움이 이만저만이 아니다. 우리 마을을 휘돌아 흐르는 개울은 마을 사람들이 식수로 할 만큼 깨끗하여 각종 고기들이 풍성 하였는데 이제는 대부분의 어종이 사라지고 지하수도 오염되었다 하여 수돗물이 아니면 식수도 어쩔 수 없게 되었으니 이것이 바로 재앙인 듯싶기도 하다.

이렇듯 물은 모든 생명을 존재케 하는 근원이 되기에 나도 그 은혜로 살아가고 있으면서도 일상에서 그 고마움을 모르고 있다는 것은 나에게 주어진 잘못된 권리 때문인지 아니면 당연한 망각인지는 모르겠지만 그래도 잊혀지지 않는 고마움이 하나 있다. 그러니까 62년 전 꼭 이때쯤 내가 아홉 살 때 6.25 전쟁 당시 피난 갈 때 이야기이다. 그날도 요즘만 큼이나 폭염이 내리는 무더운 날씨였는데 전쟁터를 피해 험한 팔공산을 넘어 어느 마을에 이르렀을 때 모자인 듯 젊은이는 물지게로 너르기(커다란 옹기그릇)에 물을 길어 붓고 노파는 바가지로 피난민들에게 일일이 물을 떠 주고 있었다. 갈증에 목말라 했던 피난민들에게는 얼마나 고마운 물이었을까? 아마도 오랜 가뭄으로 메말랐던 이 땅에 오늘 내려주는 이 빗물보다도 어쩌면 훨씬 더 단물이었을 것이다. 내가 지금까지도 그 고마움을 잊지 못하는 것은 그때 얻어 마신 물맛 때문이기도 하겠지만 그보다는 그 노파의 아름답고 어진 그 마음이 더 고마운 것 때문이리라. 물 한 그릇은 아무것도 아닌 그저 보잘것없는 것이지만, 이처럼 아무것도 아닌 것에도 마음이 담겨 있으면 평생을 두고 잊을 수 없는 은혜가 된다는 사실도 알게 해 주는 진리가 되고 있다. 목마른 길손에게 떠주는 물바가지에 버들잎을 띄워 줌으로 인연이 되어 부부로 해로했다는 이야기도 있으니 말이다.

물이라고 하면 일반적인 그 뜻은 같을지 몰라도 경우에 따라서 그 의미는 달라지게 마련이다. 지금 내리고 있는 비처럼 찻잔을 앞에 놓고 여유를 즐길 수 있게 해주는 잔잔한 비가 있는가 하면 지극히 나약하고 미미한 존재임을 실감하면서 두려움에 떨 수밖에 없는 폭풍우가 있듯이 산자락의 작은 옹달샘이 있고 험난한 계곡에서 요동치며 흐르는 급류도 있으니 어떤 경우이든 옹달샘이나 이슬비처럼 사람의 마음을 촉촉이 적시어 줄 수 있는 삶의 지혜도 배웠으면 한다. 원효대사가 불도를 닦기 위해 당나라로 가던 중 어느 곳에서 유할 때 자다가 깨어 너무 목이 말라 손에 잡히는 대로 바가지의 물을 달게 먹었는데 아침에 일어나보니 그 것은 바가지가 아닌 해골에 담긴 썩은 물이어서 마신 물을 모두 토하고 싶었는데 그 순간 달게 먹은 생각을 하며 모든 것은 마음뿐인데 어디를 가나 그 마음이 그 마음인 것이므로 마음을 다스리는 것이 불도라 깨닫고 그 자리에서 당나라 가는 것을 포기하고 다시 신라로 돌아갔다는 일화도 있듯이 물이 흐르듯 순리로 살아가려는 마음이 삶의 지혜라는 생각도 해 본다. 목마른 사람이 누구는 그릇에 조금밖에 남지 않은 물에 불평을 하고 누구는 조금이라도 남아 있음에 감사한다는 이야기를 새겨 보면서 마음을 다스려 보는 것도 좋을 것 같다.

2012. 6. 30

복권

　언젠가 어느 자리에서 그냥 들은 이야기로 누가 연금 복권에 당첨되어 이십 년 동안 매월 오백만 원을 받을 수 있게 되었는데 통장을 아들에게 맡겼다가 나중에 보았더니 아들이 자기 통장으로 이체가 되도록 해 놓아서 잔액이 하나도 없더란다. 아들에게 그 돈이 얼마나 남아 있는지 아니면 다 써버렸는지는 모르겠지만 그래서 부자간 의가 상하게 되었다는데 집에 와서 이 이야기를 아내에게 하였더니 당신이라면 어떻게 할 것 같으냐고 그때 아내가 내게 물었다. 그러기에 나는 주저 없이 그야 물론 당신 다 줄 것이라고 하였더니 정말이냐고 하면서 그럼 나도 그 돈으로 하고 싶은 것도 하고 얼마는 아이들을 비롯해서 좋아하는 이들에게 조금씩 나누어 주고 나머지는 어려운 이들을 위해서 쓰겠다고 하기에 내가 하는 말이 대개의 사람들이 그렇게 말하겠지만. 그러나 정작 복권에 당첨되어 큰돈이 생긴다면 아마도 욕심이 앞서서 마음이 변할 것이라 하였더니 글쎄 그럴까 하며 웃은 일이 있다.

　사람의 마음이야 원래 양면성이 있기 마련이고 이중적 심리의 발동으로 인해서 갈등을 겪을 때도 많을 수밖에 없다고는 하지만 그래도 선택은 분명 자신의 몫이며 그 몫은 자기 인생의 방향키가 되기에 그때그때의 결단이 그 사람의 인격일 것이라는 생각이다.

나는 원래 복권과는 거리가 먼 사람이다. 지금까지 복권이라고는 한 번도 사 본 적이 없기도 하지만 어떤 행사장에서의 그 흔한 경품도 라면봉지 하나 당첨되어 본 적이 없으니 요즘의 로또 복권이라는 것은 아예 관심도 없고 어떻게 하는 것인지조차 알지 못하고 있다.

복권에 당첨되어 큰돈을 얻을 수 있다는 것은 분명 행운임에는 틀림이 없다. 그러나 그런 행운이 자신을 얼마만큼 행복하게 해 줄지는 그 돈을 어떻게 관리하느냐에 따라 좌우될 것이다. 오늘날 같이 황금만능주의가 팽배한 현실에서 내가 행복의 기준을 운운하며 돈에 대한 가치의 평가를 말하고 그 쓰임의 옳고 그름을 이야기한다면 가지지 못한 자의 궤변이라고 할는지 모르겠지만. 그러나 분명한 것은 돈으로 행복을 살 수 없듯이 또한 행복의 기준이나 척도로도 가늠될 수는 없다는 것은 변함없는 진리라는 것이다.

언젠가도 방송에서 영국의 어느 한 사람 이야기를 소개하였는데 그는 십여 년 전 열아홉 살 때 165억의 복권에 당첨되어 그중 일부는 가족과 형제들에게 나누어주고 나머지는 사치와 음주, 도박, 매춘과 마약 등으로 돈과 인생을 탕진하고 그간 감옥에도 두 번이나 다녀왔는데 지금은 개인 파산 상태로 주급 35만 원의 공장 노동자로 일하고 있으나 오히려 지금이 복권에 당첨되었을 때 보다 더 행복하다고 한다는 것이다. 물론 복권에 당첨된 이들이 다 그런 것은 아니고 그 행운을 좋은 곳에 기부하거나 뜻 있게 쓰는 이야기들도 듣고 있지만 그래서 그래도 다행스러운 것은 모두를 다 탕진하지 않고 일부는 가족이나 형제들에게 나누어 주기도 하였다니 조금이나마 위안을 삼을 수 있을 것 같고 무엇보다도 참된 행복의 가치를 깨달았으니 그간 그렇게 탕진한 돈과 인생에 대한 보상은 받은 셈이라는 생각이다.

사람이 살아가려면 얼마만큼의 경제력은 있어야 하고 그러기에 그 바탕이 되는 돈은 모든 이에게 필요할 수밖에 없다. 그러나 돈의 가치란 정직한 노동의 대가가 기준이 되고 흘린 땀에 비례 되는 것이 원리이므로 어떤 경우로 인해서 큰돈을 가질 수 있게 되었다 할지라도 그 돈의 가치를 상승시키기 위해서는 관리가 더욱 어렵다는 것도 생각해 볼만 한 문제일 것이다.

오늘 아침 뉴스의 이야기도 역시 그랬다. 상습적으로 스마트폰을 훔쳐온 20대 남자를 잡고 보니 몇 해 전 복권에 당첨되어 13억을 받았는데 불과 3년 만에 도박과 유흥비로 모두 탕진하고 절도범으로 전락하였다니 안타까운 일이다. 이 젊은이가 전에는 어떻게 살았는지는 모르지만 만일 복권에 당첨되지 않았더라면 적어도 인생의 황금기를 그렇게 망가뜨리지는 않았으리라는 생각을 가져보게 한다.

어쨌든 나와는 아무 상관도 없고 관심도 없는 복권 이야기지만 그래도 정말 내게 큰돈이 주어진다면 나는 어떤 사람으로 변하게 될까, 라는 생각도 잠시 해 보면서 나는 원래 큰 욕심을 가질 줄 모르는 위인이니 지금처럼 주어진 현실에 만족하며 감사하는 마음으로 살아가는 것이 행복이라는 생각이다.

2014. 3. 6

아는 것이 힘이다

논산 훈련소에서 훈련을 마치고 배출대대라는 곳에서 전출 명령을 받고 서울 용산에 있는 육군 정훈 학교로 가게 되었는데 그날도 오늘처럼 봄비가 내리고 있었다. 당시 정훈 학교라고 하면 장관, 국회의원이나 별짜리 빽이 아니면 갈 수 없다고 할 만큼 군 생활을 보장받을 수 있는 곳이었는데 운이 좋게도 촌놈인 내가 그 학교의 교육생으로 차출되어 가게 된 것이다. 그때만 하더라도 일선 부대에 문맹 병사들이 있어서 그들에게 한글을 가르치기 위해 3개월 동안 사병 교사를 양성하는 과정을 교육받게 되었는데 정훈 병과 장병들의 주된 임무는 군인의 정신교육을 담당하는 것이었다. 정훈 학교에 도착하여 제일 먼저 받은 것이 원 모양의 부대 마크 견장이었는데 그 마크는 총과 칼이 X자 같이 교차 되는 윗부분 가운데에 펜촉이 있고 그 위에는 '아는 것이 힘'이라고 되어 있었다.

'아는 것이 힘이다' 영국의 철학자 프란시즈 베이컨의 말이다. 사람이 세상을 살아가면서 아는 것이 많으면 편리하게 되고 모르는 것이 많으면 그만큼 불편하고 어려움도 많게 마련이다. 전에 가스차를 탈 때 이야기다. 주행 중에 엔진이 갑자기 꺼지는 바람에 보험 회사에 긴급 출동을 요청하였더니 기사가 와서 보고는 가스 차단 장치가 눌러져 있다며 금방 시동을 걸어 주었다. 가스차를 처음 운전하다 보니 나도 모르게 잘못하여 주행 중에 가스 차단 단추를 눌러버린 것인데 그것도 모르고 고장인 줄로만 알고 낭패를 당했던 것이다. 그래서 기사에게 알아야 면장을 한다더니 모르는 것이 죄라며 웃은 적이 있다.

사람이 태어나면 평생을 배우고 익히면서 살아가게 되는데 스스로 알고 깨닫게 되기도 하지만 남에게 듣고 배우고 교육을 받으면서 알게 되는 경우가 더 많게 된다. 과거 우리나라 대부분의 백성들이 교육을 받지 못하고 무지하여 나라를 빼앗기는 뼈아픈 과거가 있었지만, 그때도 애국 선각자들은 아는 것이 힘이라고 외치며 국민 계몽에 나선 것을 알고 있다. 교육의 척도는 그 나라의 국력을 상징하는 것이 되고 개인에게는 그 사람의 인격과 인품은 나타나게 하는 바탕이 된다. 사람이 배우고 익힌다는 것은 먹고 번식하는 원초적인 동물적 생존이 아니기에 사람의 도리와 인격의 가치를 높이는 데 있다고 본다. 내가 배우고 익힌 지식이나 기술로 직업을 택하여 세상을 살아가는 방법이 될 수는 있겠지만, 그러나 그보다는 내게 있는 지혜나 지식이 다른 사람에게 피해를 주어서는 아니 되는 기본의 원칙을 알고 지키는 것은 물론 공익을 위해 활용해야 한다는 것이다. 지금에 와서는 우리나라 교육 수준이 세계 어느 나라에 못지않게 되었고 교육열은 세계 제일이지만 인성 교육보다는 지식 위주의 교육 제도는 지금 잘못되어가고 있는 것이 아닌가, 라는 생각도 하게 된다.

　내가 고등학교 1학년 때 학원(學園)이라는 학생 잡지를 읽다가 玉不琢不成器 人不學不知道(옥불탁불성기. 인불학부지도)라는 한자 성어를 보았는데 며칠 후 공교하게도 국어 선생님께서 이 말을 칠판에 쓰시고는 뜻을 아는 사람 있으면 말 해 보라 하시기에 손을 들고 "옥을 다듬지 않으면 그릇이 될 수 없고 사람이 배우지 않으면 도리를 알 수 없다"라는 뜻이라 답하였더니 예기 서에 있는 말인데 어떻게 아느냐고 하셔서 사실을 말씀드렸더니 칭찬해 주시면서 옥을 갈고 다듬어서 좋은 구슬이나 그릇을 만드는 것처럼 사람은 배우고 익히면서 좋은 마음의 그릇을 만들어 삶의 지혜를 담아야 하며 좋지 않은 마음 그릇에 지식만 담으면 오히려 해가 될 수 있다. 라고 가르쳐 주신 기억이 난다.

　세상의 어느 학문보다도 가장 어려운 학문이 철학과 신학이고 그보다 더 어려운 것이 자신을 아는 것이라고 했다. 신학은 보이지 않는 신과 영적 세계를 탐구하는 학문이기에 영적 사상이나 신앙이 각기 다른 사람에게는 인정을 받기가 어렵고 철학은 삶의 진리와 방법을 제시해 줌으로 공감을 얻는다, 해도 그것을 실천하며 사는 것이 쉽지 않으니 그렇다고 하지만 내가, 나 자신을 아는 것이 뭐 그리 어려우랴 싶어도 지금까지도 내가 나를 알지 못하고 있고 또 성현들께서 하신 말씀이니 이제라도 나를 알아가는 공부를 열심히 해 보아야겠다는 생각이다. 내가 나를 알게 되면 부끄럽고 초라한 내 모습에 실망하여 어쩌면 모르고 사는 것이 더 나을지도 모르겠지만 손자병법에도 적을 알고 나를 알아야 위태롭지 않다고 했으니 그래도 나를 조금이라도 더 알고 사는 것이 좋을 것 같다. 사람은 아는 만큼 생각하게 되고 아는 만큼 보게 된다는데 그래서 "지혜가 많으면 번민이 많고 지식이 더 하면 근심도 더 한다."고 한 지혜의 왕 솔로몬의 잠언처럼 삶이 더욱 복잡해질는지 도 모르지만, 그래도 "아는 것이 힘"이란 사실은 분명 한 것 같다.

2013. 4. 13

이웃

　나는 요즘 걱정 아닌 걱정거리 하나가 생겼는데 그 이유를 이야기하면 좀 우스운 이야기가 될지 모르겠지만 그래도 좀 해야 될 것 같다.

　거의 평생을 살아온 우리 마을은 모두가 이웃과 마찬가지이지만은 우리 집은 마을 끝에 있어서 그래도 이웃집이라고 하면 혼자 살고 있는 친척인 노파 한 분으로 구십이 넘은 고령이어서 찾아가지 않으면 서로 대화를 나눌 기회가 어려운 형편인데 오히려 자주 찾아오는 그 아들네들이 말동무가 되고 있는 처지다.

　그런데 지난해 초에 우리 집 길 건너 바로 맞은편에 있는 밭이 매매되었다는 소리가 갑자기 들리더니 초가을 께 부터는 주택 업자가 토지를 분할 측량을 하고 나서는 다섯 채의 집을 쌍둥이처럼 나란히 지어서 지금은 분양을 알리는 현수막을 걸어 놓고 있다. 그래서 가끔 씩 집을 보러 오는 이들이 있어 한두 채라도 분양이 되었는지는 알 수 없지만 그런 까닭에 내가 걱정하는 것은 어떤 사람이 이웃으로 올까. 하는 것이다. 옛말에 이웃사촌이라 했고 또 먼 사촌보다도 이웃사촌이 더 가깝다고 했는데 그러기에 이웃은 그렇게 가까워야 하는데 그래서 좋은 분들이 이웃으로 왔으면 하는 바람으로 조금은 걱정도 되는 것이다. 물론 가는 말이 고와야 오는 말이 곱듯이 내가 먼저 좋은 이웃이 되어주어야 나도 좋은 이웃을 얻을 수 있는 것이겠지만 나 역시 그렇게 너그러운 사람이 못 되는 위인이라서 얼마나 먼저 좋은 이웃이 되어줄런지도 모르고 또 그런다 하더라도 지금까지 그네들이 살아온 습관이나 생활 방식으로 개인주의 사고에 닫혀 있으면 그 마음 열기가 쉽지 않을 것이란 생각도 들기 때문이다.

아파트에 살고 있는 이 들은 다 그런 것은 아니라 하더라도 불과 서너 발짝 앞에 있는 앞집의 얼굴도 모르고 살고 있어 이웃이라는 개념은 생각조차 할 수 없게 되었으니 내가 걱정이라고 하는 것도 무리는 아닐 듯싶다. 오래전 이야기이지만 큰 애가 결혼하고 아파트로 처음 이사하였을 때 아래위 층에 떡을 조금씩 나누어 준 적이 있는데 그때 아내가 돌아와서는 어떤 사람이 고맙다는 인사도 할 줄 모른다고 투덜거리던 기억을 떠올리면 개인주의 생활에 익숙한 이들에겐 이웃과 어울려 사는 것이 오히려 불편할 수 있겠다는 생각도 하지 않을 수 없다.

더욱이 요즘은 층 간 소음으로 이웃이 오히려 걸림돌이 되어 다툼의 원인이 되는 경우가 많이 있다고 하는데 이는 서로가 조금만 배려하고 이해하면 될 일인데 왜 그러지 못하고 마음이 인색함에 갇혀 살아가고 있나 하는 생각을 하게 된다. 나는 청주에 자주 다니기에 가끔은 아이들 집에 들르는데 마침 한 번은 젊은 부부가 음료수를 한 박스 사가지고 와서는 위층에 새로 이사를 왔는데 아이들이 어려서 그러니 좀 시끄럽게 해도 양해 해주십사 하고 부탁을 드리러 왔다기에 나는 찾아 준 것이 오히려 고마워 아이들은 다 그런 것이니 걱정하지 말라며 다만 잠잘 시간만은 조심시켜 주었으면 좋겠다고 하고 돌려보낸 적이 있는데 우리가 살아온 방식대로라면 이런 일들은 그리 문제가 되지 않는 것이다.

그래서 그런지 요즘에는 도시에서 시골로 오는 이들도 마을 안으로 오지를 않고 그래도 멀리서라도 사람은 보아야겠는지 마을 외곽에 외따로 집을 지어 오는 경우가 많다. 그러기에 이들 대부분은 마을 사람들과 단절된 생활을 하고 있어 이웃을 모르고 사는 사람들이다. 산업 사회가 되면서 경제 사회 문화 예술은 물론 인심까지도 변했기에 이웃을 모르고 살아도 괜찮은 세상이 되었는지는 몰라도 누가 이사를 가게 되면 온 마을이 전송을 해주고 누가 이사를 오면 온 마을이 반겨 주고, 그리고 어느 집에 경조사가 있게 되면 모두가 함께하는 것이 우리네 살아가는 방법이었기에 이러한 사회적 원리를 모르는 이들은 낯선 이방인일 수밖에 없다는 생각이다.

내가 어렸을 때 알아 온 이웃은 정이란 말의 대명사와도 같았다. 얕으막한 돌담이나 울타리로는 이웃 간의 정이 항상 넘나들었다. 때론 감자나 옥수수를 삶은 바가지가 오가고 비 오는 여름날엔 정구지(부추) 부침개를 넘겨주고 마을에서 일어난 일이나 누구네는 언제 모내기를 하고 언제 벼 베기를 하며 언제 김장을 한다는 등 이런저런 이야기가 시도 때도 없이 오가고 무슨 일이 있으면 서로 도와주던 그런 이웃이 생각나기에 이런 이웃까지는 못 되더라도 내가 걱정하는 것이 기우였으면 좋겠다는 생각이다.

2016. 5. 25

잊지는 말아야

어느 분을 모임에서 만났다. 그동안 가끔은 만나게 되어 약간의 농담을 주고받기도 하는데 반갑게 인사를 나누자마자 하는 말이 아니 내 정신 좀 봐, 왜 김 선생님 이름이 갑자기 생각이 안 나지, 나 침핸가 봐, 하며 웃는다. 그러기에 나도 웃으면서 내가 여사님께 잊혀진 사람이 되었기 때문일 것이라고 하였더니 손을 내저으며 그런 것은 절대 아니라며 더 크게 웃는다. 그래서 나도 하는 말이 나이 드시면 그렇게 깜박거리는 것이 정상이지 그렇지 않으면 그것이 오히려 비정상이니 너무 자책 말고 이다음에 만나면 내 이름을 기억해서 불러 달라고 하였다. 그리고는 물망초 꽃말이 무엇인지 아느냐고 하였더니 글쎄 뭐더라? "날 잊지 마셔요" 아닌가요? 한다.

강 건너에 있는 아름다운 꽃을 사랑하는 여인에게 주기 위해 강을 헤엄쳐 갔다 오다가 기진하여 물길에 휩쓸려 가면서 나를 잊지 말아 달라는 말과 함께 꽃을 던져 주었다는 슬픈 사랑 이야기에서 비롯되었다는 꽃말이다. 첫사랑은 이루어지기도 어렵고 잊혀지지도 않는다는데 이 여인도 자신을 그토록 사랑하고 간 그 연인을 사는 날 동안 결코 잊을 수 없었을 것이다.

이처럼 사람은 누구에게나 잊을 수 없는 일도 있지만 잊어서도 안 될 일도 있다. 잊을 수 없는 일들은 희노애락 간 모두가 포함되어 있지만 잊어서 안 될 일은 대개가 어떤 한이나 의무감이 내포되어있는 것이 많을 것이라는 생각이다. 세월이 흐르면 많은 것을 잊고 살기 마련이고 또 그래야만 사는 것이 아니겠느냐, 라고 하지만 그래도 호국 보훈의 달 6월도 며칠 남지 않았고 6.25도 맞이했으니 우리가 잊지 말아야 될 일이 무엇인지를 한번 되새겨보는 것도 중요하다는 생각이다.

6.25전쟁 당시 국민소득이 백 불도 되지 않던 우리나라가 이제 3만 불을 넘어 세계 10위의 경제 강국이 되었다고 해서 그날을 잊어버리거나 젊은 세대들에게도 잊게 하여서는 안 될 것이라는 생각이다. 지난주 아침 뉴스에서도 한 언론사의 여론 조사 결과 많은 청소년들이 6.25를 모르고 있고 6.25전쟁을 북침으로 알고 있는 학생들도 많다 하니 지하의 호국 영령들께서 통곡할 일이다.

얼마 전 고등학교 학생을 대상으로 하는 도전 골든 벨 프로그램 문제의 답 하나가 서애 유성룡이 임진왜란을 되돌아보며 기록한 징비록이였는데 최후의 1인으로 남은 학생이 이를 맞추지 못하여 마지막 문제가 되고 말았다. 징비록이라고 하면 임진왜란을 떠올릴 만큼 당시 역사를 대변하는 책으로 국보로도 지정되었는데 학교를 대표하는 우수 학생이 이를 맞추지 못했다는 것은 긴장한 탓일 수도 있지만, 만일 모르고 있었다면 그 학생보다도 역사 교육이 제대로 이루어지지 못하고 있는 현실의 학교 교육이 더 큰 문제를 가지고 있는 것이 아닌가, 라는 생각에서 이런 사실들이 잊어서는 안 될 것을 잊게 하고 있는 것이라는 생각이다.

북한의 기습 남침으로 이 땅은 아수라장이 되었고 포화 소리는 그쳤다 해도 전쟁이 아주 끝 난 것은 아니고 휴전 상태일 뿐인데 그 세월이 60년을 넘고 보니 이제는 전쟁을 경험한 세대들은 얼마 남지 않았고 그들만이 전쟁의 아픔을 안고 있을 뿐 잊혀져 가는 뒤안길의 역사가 되고 있다는 생각에서 안타까운 마음이다. 그때 내 나이 아홉 살이었으니 아홉 살의 어린아이가 전쟁의 아픔을 알았으면 얼마나 알았고 전쟁의 참상을 보았으면 얼마나 보았겠느냐고 할지 모르겠지만 그래도 그때 겪은 전쟁의 참혹한 모습은 지금도 내 기억 속에 또렷이 남아 있어 가끔은 그 생각을 하게 될 때 잊고 싶은 기억들이다. 피난길을 가고 오면서 어린아이가 보았던 수많은 죽음도 두려움을 모를 만큼 예사로웠으니 어쩌면 그때는 동심도 망가져 버렸기 때문이 아니었을까 하는 생각도 해 보게 된다.

　조국을 지키기 위해 싸우다 죽어간 영령들, 돌아오지 않는 자식을 기다리다가 숯덩이처럼 까맣게 타버린 가슴을 안고 살다 가신 우리의 아버지와 어머니들, 애가 타도록 임을 기다리면서 어린 자식을 키워 온 미망인들의 한 많은 삶이 그리고 고향을 잃어버린 수많은 이산가족들의 아픔이 아직도 우리의 곁에 있는데 어찌 그날을 잊어서야 되겠는가? 지금 우리가 누리고 있는 이 평화와 번영은 어느 벌판의 전투에서, 어느 전선의 산골짜기에서 또는 어느 능선에서 고지를 지키다가 쓰러져간 넋이 이 땅의 수호신이 되어 조국을 지켜주고 있음을 생각하면서 그분들께 머리 숙여 감사하는 마음도 잊지 말아야 할 것이다.

2013. 6. 25

최상의 가치

외출했다가 돌아오는데 우리 집 앞길에 사람들이 웅성거리고 경찰차와 119구급차도 와있고 하여 무슨 일인가, 싶어 물어봤더니 바로 우리 집 맞은편 집에 혼자 살던 여인이 승용차에 연탄불을 피워 놓고 자살을 했다는 것이다. 너무 뜻밖의 일이라서 설마, 그럴 리가? 하면서 믿기지가 않았다, 그녀는 50대 후반으로 일 년여 전에 이사를 와서 그간 만나면 인사도 상냥하고 집사람에게는 호칭을 어머니라고 하며 싹싹하여 어두운 그림자는 보지 못했다. 그녀의 친지 말로는 자녀와의 문제 같다고 하는데 어떤 문제인지는 몰라도 만일 이웃에게라도 자신의 어려움을 상담해 보았더라면 불행한 일은 막을 수 있지 않았겠나 하는 생각에 안타까운 마음이 쉽게 가시질 않았다.

스스로 목숨을 끊는 사람들이야 남이 알 수 없는 그럴만한 사정이 있어서 어쩔 수 없이 극단의 방법을 선택했을 것이라는 생각으로 너그럽게 이해해 줄 수도 있지 않겠느냐고 말할 수 있겠지만 "사람이 온 천하를 얻고도 자기 목숨을 잃으면 무엇이 유익하겠느냐"는 성서의 말씀처럼 주어진 삶을 그렇게 버린다는 것은 쉽게 간과해서도 안 될 것 같다는 생각이다. 삶의 가치란 내가 존재하는 데서 비롯되기 때문에 내가 존재한다는 것은 세상의 그 어느 무엇보다도 최상의 가치이기에 다른 설명이 필요치 않을 것이라는 생각이다. 물론 삶이란 그렇게 쉽고 만만한 것은 결코 아니기에 힘들고 어렵고 때로는 견딜 수 없는 시련이나 아픔으로 주저앉고 싶어도 그래도 내게 주어진 삶이기에 그 가치로 견디며 살아가는 것이 인생이라는 생각도 가져 본다. 고통을 견딜 수 없을 만큼의 육체적 질환 때문이라면 몰라도 그렇지도 아닌 것 이라면 정신적 빈곤에서 오는 마음의 병이 아닌가, 라는 생각도 해 본다. 남을 음해하여 고통받게 하고 심지어 죽음에 이르게까지 하는 간접 살인 행위나 자신의 잘못 때문에 스스로 목숨을 끊는 것도 용납할 수 없는 일이지만 인생살이 새옹지마塞翁之馬라 하는 말이 있듯이 사람이 세상을 살아가면서 어떻게 근심 걱정이 없고 또 그로 인한 괴로움이 없을 수 있겠는가, 마는 그래도 시시때때로 그 고비를 넘기므로 가끔 씩 찾아와주는 좋은 일들로 행복을 느끼면서 사는 것이 인생이고 보면 언제나 세상살이와 싸우는 것이 삶이 아닌가 싶다. 사람이 어렵고 괴로울 때, 또는 좋지 않은 일들로 걱정하고 근심하려면 끝이 있겠는가마는 그래도 언제나 우리에게는 희망이 있기에 그럴 때마다 주저앉지 않고 일어설 수 있고 그로 인해 행복을 얻을 수 있을 때 보람을 느끼며 감사할 수 있는 것도 그것이 인생이고 삶이 아니겠는가, 라는 생각도 해 본다.

누가 무어라 해도 인생은 아름답고 살 만한 가치가 있는 것이다. 그러기에 조물주께서 사람을 창조하여 세상에 보내 주신 것이라 믿는다. 그러므로 사람이 그 뜻을 거슬러서는 안 되며 다만 그 가치를 깨달아 알고 이루어가는 것은 자신에게만 주어진 의무기에 그 의무를 다하는 것이 내게 주어진 몫이라는 생각에서 인생이라는 말 속에 담긴 뜻을 헤아릴 줄 아는 지혜도 가져야 할 것 같다.

지난주에 초등학교 동창 모임이 있었다. 그동안 유명을 달리한 몇몇 친구들도 있고 고향을 떠난 이들도 있어 많은 수는 아니어도 일 년에 한두 번은 만나게 되는데 이제는 흰 머리와 이마의 주름이 살아온 세월을 말해주고 있다. 그래서인지 이제는 장난기가 발동하는 개구쟁이의 동심보다는 어려웠던 지난날들을 헤치고 살아온 회고담과 현재의 형편을 서로 이야기하는 것이 공감대를 이루어가는 자연스러운 대화였다. 어느 친구는 농사일을 하고 어느 친구는 개인 사업으로 어느 친구는 교직에서 각자 살아온 환경이나 방식은 달랐어도 그들의 모습에서는 모두가 최선을 다해 살아온 모습들을 엿볼 수 있었다. 나도 이제껏 내가 살아온 삶속에서 자랑으로 내놓을 만한 것은 별로 없지만 그래도 열심히 살아왔노라, 는 자긍심은 있기에 지금에서 이렇듯 내가 자유로울 수 있는 것이 아닌가, 라는 생각도 가져 본다. 때로는 무엇을 잃어버리고 온 것 같아 뒤돌아보게 하는 아쉬움이 남아 있기는 하지만 그래도 내가 이렇게 존재함으로 최상의 가치를 말하고 있으니 살아오는 동안의 어려웠던 모든 일들이 이렇듯 평안을 가져다주는 것도 내게는 최상의 가치에 주어진 축복이 아닌가 싶다. 내가 살아온 날들에서 언제 안일한 생각을 할 수 있었고 언제 뒤돌아보며 쉬어 가려는 여유를 가질 수 있었는가, 이제껏 나도 다른 보통 사람들과 마찬가지로 가정을 비롯하여 주어진 책임을 다하기 위해 쉬지 않고 달렸는데, 그때는 조금도 주저할 수도 없었고 또 그렇게 사는 것이 내가 감당해야 할 주어진 몫이라 여기며 살아온 것이 이제 와서는 내가 누릴 수 있는 위안이 되어 주고 있어 정말 감사하다는 마음이다. 그러기에 이제는 뒤돌아보며 아쉬워하기보다는 이 시간 이후 내게 주어지는 날들 속에서 내가 더 자유로울 수 있도록 그날들을 사랑하며 살아가는 것이 그 최상의 가치를 잊지 않는 것이라는 생각이다.

2017. 9. 21

큰 스승

내일이 대학 진학을 위한 수능 시험일이다. 형님께서도 손자 놈이 이번에 시험을 치른다고 걱정을 했는데, 많은 학생들이 이날의 시험을 위해 노력을 해 왔고 부모들 또한 자녀와 함께 잠 못 자며 기다려 왔기에 초조한 마음 금하기 어려울 것으로 생각된다. 그래서 수능 시험일이 다가온 이즘은 부모들이 교회나 사찰을 찾아 자녀가 시험을 잘 치를 수 있도록 간절한 기도를 드리는가 하면 어떤 이는 명산이나 무속인을 찾아가기도 한다는데 그 기도하고 염원하는 방법이야 어찌 되었든 자녀를 위한 그 부모의 마음은 모두 하나같이 다름이 없겠지만 그래도 이성만큼은 잃지 않고 분명한 분별력을 가져 주었으면 한다. 예전과는 달리 한 자녀 시대인 현실에서는 부모의 과잉보호나 지나친 간섭으로 주관성을 갖지 못한 자녀는 부모의 뜻이 곧 그들의 뜻이 되어 버리는 경우가 있는데 그래서 대학 진로 문제도 본인의 뜻보다도 부모의 뜻이 우선 된다는 이야기기가 부모의 욕심 때문이 아니기를 바란다. 물론 수능 시험이 결과에 따라 일생이 좌우될 만큼 중요하다 해도 지나친 말이 아니기에 간섭이나 욕심이 없을 수는 없어도 그보다는 지금까지 부모로서 자녀에게 어떤 모습을 보여주며 살아왔나 하는 것이 앞으로의 자녀들 삶에 더 많은 영향을 줄 것이란 생각이다.

자녀에 대한 모든 부모의 본성은 희생적 사랑이기에 이 세상의 그 무엇보다도 위대한 것이지만 이 큰 사랑에도 분별력이 없으면 그릇된 사랑으로 변질 될 수 있고 또 자녀에게도 그 그릇된 사랑 때문에 불행한 삶을 살수밖에 없는 경우가 될 수 있으니 그래서 분별력이란 곧 삶의 지혜라 할 수 있을 것이다.

쉽게 생각하기를 명예나 부를 얻으면 성공한 것으로 알고 있기에 그것을 얻으려고 하는 것도 당연하다 하겠지만, 그러나 그보다는 진실과 정직이 삶의 가치라는 것을 먼저 가르쳐주는 부모로서의 역할을 감당하였으면 좋겠다. 그러려면 부모가 먼저 이러한 삶의 가치를 누려야 하며 그래서 자녀에게 보여지지 않는 생활 속에서도 부끄럼이 없는 부모로 길잡이가 되어 줄 때 자녀도 그 길을 따라 살아갈 수 있을 것이란 생각이다.

사람이 세상을 살아가면서 많은 이들로부터 가르침을 받고 또 스스로 배우고 깨우치며 성장하게 됨으로 자녀에게 있어 부모는 그 누구보다도 가장 큰 스승이기에 잘못된 생각이나 행위로 자녀에게 부끄러운 스승은 아닌지 고민하며 살아가는 부모라면 그 자녀 역시 세상을 잘 못살아가는 사람은 되지 않을 것이라 믿는다. 나의 부모님이 그러하셨기에 나도 내 아이들에게 그런 스승이 되려고 노력했다고는 하지만 그래도 부끄러운 일이 많았던 만큼 마음이 편치 못할 때가 많았던 것도 사실이다.

오래전 이야기이지만 고철값이 꽤 비쌀 때 일이다. 하루 일을 마치고 어두워 질 무렵 저녁을 먹고 있자니 대문 틈 사이로 누군가가 언 듯 지나는가 했어도 무심했는데 잠시 후 다시 나오는 것 같아 이웃의 누구려니 하고 있는데 아내가 나가 보라고 하기에 나가 보았더니 젊은 고물 장사가 담 밑에 놓아두었던 경운기 쟁기를 차에 싣고 있다가는 놀라서 어쩔 줄 몰라 한다. 그러기에 내가 그것을 왜 차에 싣느냐고 하면서 내가 이것을 새로 사려면 십여만 원도 더 주어야 하는데 당신은 고물값으로 몇천 원 벌겠다고 이러면 쓰겠냐고 하면서 신고를 하겠다고 핸드폰을 꺼내 드니 잘못했다며 말 그대로 싹싹 빈다. 나도 정말 신고를 하려는 것은 아니었지만 그래도 다시 한번 엄포를 놓고는 아무리 세상 살기 어려워도 그래서 야 되겠냐며 당신만 힘들게 사는 것이 아니고 다 그렇게 산다고 하면서 당신보다도 더 어렵게 사는 이들도 많을 텐데 그래도 남에게 피해를 주지 않고 살지 않느냐며 당신의 잘못은 이 쟁기를 가져가는 것보다도 정직하게 살아가는 다른 고물 장사들도 당신과 같은 사람으로 오해받도록 하는 잘못이 더 크다면서 무엇보다도 자녀들에게 정직하지 못한 아버지로 부끄럽지 않느냐, 고 했더니 고개를 떨군다. 그러면서 물론 살기 힘들어서 순간 생각을 잘못한 것이겠지만 그래도 잘못된 돈으로 자녀에게 무엇을 해주기 보다는 부끄럽지 않은 아버지가 되어 주는 것이 더 좋지 않겠냐고 하면서 다른 고물을 조금 챙겨서 주어 보냈다. 그런데 얼마 후 그 고물 장사가 다시 와서는 부끄러워 오지 않으려 했는데 그래도 아저씨 말씀이 고마워서 왔다며 다니다가 자전거 하나가 쓸 만해서 가지고 왔는데 필요할 때 타라면서 주고 간다. 그 후로는 다시 만나지 못했지만 아마도 자녀에게 부끄럽지 않은 아버지라 한 말이 그 마음을 아프게 하지 않았나 싶다.

2016. 11. 15

하나님의 후회

금 년 여름은 비가 너무 많이 내렸다. 하늘이 너무 한다고 할 만큼 계속 비가 내리면서 많은 피해를 주었다. 장마철 비의 피해를 어느 정도는 불가항력이라 여겨 그냥 감수하기도 하지만 금 년처럼 피해도 너무 클 뿐 아니라 짜증이 날 만큼 지루하게 비가 계속 내리는 여름도 흔치는 않은 것 같다. 오죽하면 날씨를 전하는 기상 캐스터도 "오늘도 비 소식을 전하게 되었네요"하며 시청자들에게 미안한 마음일까, 이런 날씨가 한동안은 더 계속될 것 같다는 기상청 예보가 있으니 하늘의 뜻에 따라야지 어쩌랴? 그런데 이러한 기상 이변이나 자연 재난 재해는 우리나라뿐이 아니고 세계 곳곳에서 일어나고 있는데 그 빈도가 점점 많아지고 재해 규모도 커져 가고 있다고 하는 것이 문제이며 이는 현대 과학이나 산업이 자연을 훼손하고 파괴하여 지구 온난화를 조장한 결과로서 인간의 자업자득이라 하기도 하는데 이 시대를 사는 우리 인간들이 창조주의 창조 원리를 거역한 죄의 대가는 아닌가 하는 생각도 해 보게 된다.

구약성서에서 보면 사람이 창조주 하나님을 거역하고 그 권위에 도전하여 대적함으로 징계를 받거나 멸망한 사건들이 있는데 그 첫 번째가 아담과 이브의 실낙원 사건이다. 태초에 천지를 창조하고 에덴동산이라는 낙원에 이들을 살게 하여 모든 것을 다 주었으나 단 하나, 금단의 선악과만은 먹지 말라 하였음에도 하나님과 같이 된다는 유혹을 이기지 못하고 그것을 먹음으로 낙원에서 추방되고 모든 수고와 고통을 안게 되었는데 이를 일컬어 우리는 원죄라고 한다. 그리고 두 번째가 그 유명한 노아시대의 대홍수 재앙이다. 성서 말씀대로 표현한다면 온 땅이 하나님 앞에 패괴하여 강포가 땅에 충만함으로 단 한 사람의 의인 노아에게 방주를 만들게 한 후 40일을 밤낮으로 비를 내려, 온 땅이 물에 잠기게 하고 오직 노아의 식구들만 구원한 사건이며 다음으로는 탑을 하늘까지 높이 쌓아 하나님을 대적하려 했던 바벨탑 사건과 고귀하게 창조된 인성을 저버리고 사치와 향락으로 타락한 소돔과 고모라 성이 멸망한 사건이다.

마찬가지로 2천 년 전 사치와 향락의 도시로 로마 제국 귀족들의 휴양지였던 폼페이가 화산재 속으로 사라진 사건을 이 시대는 아직도 기억하고 있다. 지금도 세계 도처에서는 지진과 화산 폭발, 태풍 해일 등 자연재해가 끊임없이 일어나고 있으니 하나님께서 유황과 불을 비같이 내려 소돔과 고모라를 멸망시키셨다는 성서의 이야기를 이해할 수 있는 실제 역사적 사건으로 폼페이의 유적 발굴은 지금도 계속되고 있어 그때 매몰된 미라 시신이 발견되기도 했다, 한다. 폼페이 도시가 화산에 뒤덮혀 사라지던 날도 그곳에 있던 많은 사람들은 자신들에게 주어진 부와 명예를 만끽하며 즐겼을 것이며 중요한 것은 폼페이 화산의 근원

지인 베수비오산에서 연기가 오르고 있었음에도 그곳 사람들은 그 무서운 재앙의 예고를 깨닫지 못하고 오히려 연기가 도시의 경관을 더 아름답게 꾸며 주고 있다고 좋아했다는 것이다. 하나님께서는 재앙을 내릴 때 반드시 징조를 미리 보여줌으로 대비할 기회를 먼저 주신다고 하였다. 그러므로 사람들이 큰 재앙을 당하게 되는 것은 하나님의 뜻을 헤아리지 못하는 우매함과 그의 권위에 도전하려는 어리석은 욕망 때문이 아닌가 싶기도 하다.

태초로부터 인간들은 편리하고 부유하고 더 즐거운 삶을 위해 끊임없이 노력해 왔고 이러한 노력은 지금도 계속되고 있다. 그 결과 과학 발달의 극치에 살고 있는 우리가 되었지만, 인간이 우주를 정복하려는 욕망이나 생명 지도를 완성하여 생명까지도 창조하려는 욕망 등 이러한 것들은 창조주의 권위와 한계에 도전하는 또 하나의 바벨탑이 되어 언제 어떤 형태의 재앙으로 우리에게 돌아오는 어리석음이 되지는 않을까 하는 생각도 하게 된다. 북극의 얼음이 녹아내리고 우리나라도 제주도 해역은 아열대 어류의 서식이 늘어나고 때아닌 우박이 내리는 등 우리는 지금 지구 온난화로 인한 재난 재해를 이미 경험하고 있다. 그리고 러시아의 체르노빌 원전 사고나 최근 일본의 대지진으로 인한 후쿠시마 원전 사고는 전 세계를 두렵게 하고 있듯이 원자력이 아무리 편리하고 유용하다 해도 이 세상을 가장 불안하게 하는 것 중의 하나인 것처럼 인간이 만들어 낸 과학과 문명의 편리함이 언제 어떠한 재앙의 부메랑이 되어 우리에게 되돌아올지 모르기 때문이다.

순천자는 흥하고 역천자는 망한다.(順天子興 逆天子亡)라고 했다. 사람은 부유하고 편리할수록 더 나은 삶을 추구하고 때로는 향락을 쫓게 되며 그 결과 부와 문명은 오히려 인간을 타락시키고 반비례로 정신적 빈곤을 가져오게 하는데 이는 창조의 원리를 역행하는 것으로서 어쩌면 하나님께서 인간 창조를 후회하는 결과를 가져오게 될지도 모르겠다.

2011. 8. 21

자살은 죄악이다

며칠 전 어느 아나운서에 이어 어제는 서른 살의 젊은 가수가 자살했다고 하여 안타깝게 생각하였는데 오늘도 또 2건의 자살 기사가 보도되었다. 하나는 어느 50대 대학교수였고 또 하나는 요즈음 말도 많은 축구 승부 조작 사건에 연류 된 전 프로축구 선수였다. 금 년 초 한국 과학 기술원(KAIST) 학생 4명이 잇따라 자살을 하고 또 교수까지도 자살했다, 하여 세상을 떠들썩하게 하더니 요즈음은 연예인, 가수, 아나운서, 모델, 운동선수, 대학교수등 각 분야에서 이름만 대면 알 수 있는 유명 인사들 뿐 아니라 군인과 학생들 까지도 자살 했다는 이야기를 자주 접하게 된다. 그러고 보니 금 년은 년 초부터 지금까지 자살에 대한 기사가 유난히 많이 보도 된 것 같다. 통계에 따르면 지난해 우리나라의 자살 인구가 1만 5천명이 넘었다고 하는데 이는 하루에 약 40여명이 스스로 목숨을 끊는다는 말로 5년 전에 비해 50%가 증가한 수치이며 OECD(경제협력 개발 기구) 국가 가운데서도 자살 비율 1위라는 불명예를 안고 있다.

이렇게 많은 사람들이 자살한다는 소식을 들을 때마다 나는 왜 이들이 자살을 할까? 하고 생각해 본다. 내가 중학교 다닐 때 어느 선생님께서 사람이 소득이 많아지고 문명이 발달하여 윤택해지게 되면 오히려 반비례로 자살하는 사람이 많아지게 된다면서 당시 선진국이라는 나라들이 그 예라고 말씀하셨다. 그때 우리나라는 보릿고개를 실감하며 살던 어려운 시기였기에 사람이 못 살아야 죽고 싶은 마음이 생기지 잘 살고 여유로우면 왜 죽으려 하겠는가? 라는 생각에서 선생님의 그 말씀이 이해가 되지를 않았는데 지금은 우리나라가 이 자살에 대한 문제를 예방하기 위하여 고민하지 않으면 안 되게 되었으니 어찌하랴? 그 말씀이 조금도 틀리지 않는 것을,

자살의 원인으로는 생활고를 비롯하여 고독과 허무감, 가정 문제, 이성 문제, 건강 문제, 죄책감, 압박감 등 여러 가지가 있겠으나 종교 철학자 키에르 케고르가 죽음에 이르게 하는 병은 절망이라고 지적한 대로 이들 모두가 절망에서 헤어나지 못하는 정신적 빈곤에서 오는 결과라 할 수 있다. 우리는 흔히 상대적 빈곤이라는 말을 자주 듣고 있고 또 그렇게 생각하며 살아가는 경우가 많이 있다. 상대적 빈곤이란 나도 가질 만큼 가지고 있으면서도 나보다 더 많이 가진 자에 비하여 적게 가진 데서 오는 열등의식을 말하듯 정신적 빈곤도 마찬가지로 만족할 줄 모르는 사람의 욕심이나 좌절에서 오는 들어난 마음을 다스리지 못하는 데서 오는 결과라 할 것이며 그러다 보니 늘 쫓기는 듯한 불안감과 강박감은 우울증 같은 정신적 질환을 유발하게 되고 또 더 가지려는 지나친 소유욕은 자신을 파멸케 하는 원인이 되기도 한다. 소유한다는 것은 재물

만이 아니라 나만이 내 안에 가지고 있는 인격과 양심 명예 자존심 그리고 지식이나 정서적 교양과 종교적 믿음 등의 모든 것들을 의미하기에 이런 것들을 지키려는 의지가 부족하다면 이를 정신적 빈곤이라 할 것이며 내게 있는 정신적 가치들을 소중히 여기는 노력이 필요한 것이라 생각 된다. 사람은 누구나 세상에 올 때 인생이라는 선물을 받았다고 한다. 그리고 이 선물은 풀어야 할 숙제가 아니라 경험해야 할 현실이라고 하였으며 인생은 살아 있는 한 희망이 있기에 자신을 내버려 두어서는 안 된다고도 하였다. 그러므로 누구나 자신에 대한 성찰과 관심으로 자신을 사랑하고 자신을 귀한 존재로서의 가치를 이루어 가는 삶이 되도록 하여야 한다. 그리고 자살은 용서받을 수 없는 죄악이라는 창조주의 창조 원리를 깊이 생각하여 보아야 할 것이다. 성서에 보면 하나님께서 사람을 창조할 때 육체는 자기 형상대로 만드시고 거기에 생기를 불어넣어 줌으로 생명이 되게 하였는데 이 생명은 호흡 하는 목숨뿐만 아니라 사람의 숭고한 정신과 영혼의 가치를 함께 뜻하는 것이기에 이 위대한 가치를 나의 것으로만 생각하여서는 안 된다는 것을 알아야 하며 자살은 창조주 하나님을 거역하는 죄악이라는 것 또한 잊어서도 안 될 것이다.

2011. 6. 1